SPQR

SPQR

La Mort de Cæsar, Tragedie Par Mons. de Scudery

Auec Priuilege du Roy, 1636.

VRNE

Michan Lochon fecit

A PARIS.

Chez A. Courbé, Libraire, et Imp.r de Monseig.r frere du Roy, au Palais, en la petite salle, à la Palme.

LA MORT DE CÆSAR,

TRAGEDIE.

PAR

MONSIEVR DE SCVDERY.

SECONDE EDITION.

A PARIS,
Chez AVGVSTIN COVRBÉ, Libraire & Imprimeur de Monseigneur Frere du Roy, au Palais, en la petite salle, à la Palme.

M. DC. XXXVII.

AVEC PRIVILEGE DV ROY.

A MONSEIGNEVR MONSEIGNEVR L'EMINENTISSIME CARDINAL, DVC DE RICHELIEV.

ONSEIGNEVR,

Apres tant de biens-faits, & tant de faueurs dont ie vous suis redeuable, la fortune ayant refusé tousiours à mes iustes desirs, les moyens de vous faire voir par mes seruices, ma reco-

gnoiſſance, l'ardeur de mon zele, & la grandeur de mon affection, ie me ſuis enfin reſolu de vous le faire comprendre, en vous monſtrant leur obiect : la permiſſion que vous m'auez donnée de vous offrir cét ouurage, m'en a fait naiſtre l'occaſion ; & comme vous ſçauez que les Peintres & les Poëtes ont des conformitez, qui peuuent leur acquerir meſmes priuileges, i'ay creu que vous ne vous offenſeriez pas, de voir voſtre portraict au commencement de ce liure, puis que vous auez aſſez de bonté pour ſouffrir à tous ceux qui l'ont au cœur comme moy, de le placer dans leurs cabinets, ou de le porter en Medailles. Ie ſçay bien qu'à moins que d'auoir en main le pinceau de Ferdinand, ou le crayon de Du-Monſtier, on ne deuroit iamais entreprendre vn ſi haut deſſein : mais quand ie con-

ſidere que la difficulté qui ſe trouue à vous faire reſſembler parfaitement, eſt vne marque de voſtre gloire, & que la foibleſſe que ie feray paroiſtre en cette entrepriſe, me ſera commune auec tous les Illuſtres du ſiecle ou nous ſommes; ie ne peux retenir ma plume, & ie me ſens forcé de faire voir au iour, l'idée que ie conſerue en la memoire de tant de rares vertus que toute la terre adore en voſtre Eminence. Agreez donc (Monſeigneur) que i'apprenne à la poſterité, que i'ay l'honneur d'auoir pour Maiſtre, vn homme qui meriteroit de l'eſtre de tout le monde, & qui pourroit meſme le deuenir, par le choix de l'Eſprit de Dieu ſi ſa generoſité ne le portoit, à n'auoir point d'autre ambition, que celle de voir regner auec pompe & majeſté, le plus juſte de tous les Rois: aimant mieux en rester subject, que de s'en rendre le Pere. Ceste verité qui m'anime, est si generalement connuë, qu'il n'est point d'Estats si esloignez de nostre Monarchie, qui n'admirent en vous cét esprit desinteressé, qui se remarque en toutes vos actions, comme en tous vos conseils : l'histoire nous peut monstrer des hommes dans l'antiquité, qui sans doute ont fait pour eux de belles & de grandes choses ; mais elle ne nous produit point d'exemple de ce Zele ardant, qui vous fait perdre vostre repos, pour asseurer celuy des peuples, & qui vous oblige tous les iours à hazarder pour eux vostre illustre vie, par tant de soings & par tant de veilles, qui peuuent alterer vostre temperament, & destruire vostre santé. De sorte (Monseigneur) qu'on peut dire sans hiperbolle, que le Roy n'a point de Capitai-

ne, ny de Soldat en ſes armées qui s'expoſe à de ſi grands perils que vous, ny qui plus ſouuent ait affronté la mort ſans la craindre: Mais ſi voſtre courage eſclatte, voſtre conduite & voſtre prudence ne donnent pas moins d'eſtonnement: cét eſprit penetrant qui vous fait preuoir les deſſeins de nos ennemis, eſt vn rayon de diuinité, qui ſouuent a fait tomber ſur eux les mal-heurs qu'ils nous preparoient. Et c'eſt auec ces armes puiſſantes, que vous auez rendu celles du Roy victorieuſes. Vous auez employé l'adreſſe, ou la violence eſtoit inutile; vous auez fait agir la force, où la douceur ne pouuoit ſeruir; & s'il ſe trouue quelqu'vn aſſez hardy pour entreprendre voſtre hiſtoire, il ne faudra point d'autre lecture pour deuenir ſçauant en Politique, puis qu'on y verra par les eue-

nemens, tout ce que les autres ne nous monstrent que par regles; & dans l'estre des choses, ce qui n'auoit iamais esté qu'en idée: mais ie crains bien qu'il ne soit point de plume assez forte, pour pouuoir s'esleuer si haut: & i'ose mesme dire que vous seul pouuez bien faire vostre image. Ouy Monseigneur, c'est de vostre main que vous deuez attendre l'immortalité que les autres vous promettent, & que vous meritez auec tant de iustice. Quand nous aurions des Apelles & des Phidias, & qu'ils employeroient les plus viues couleurs de la peinture, l'or, le marbre, le iaspe, & le porphire, pour vous faire des tableaux & des statuës; tout cela ne seroit point assez fort pour deffendre la gloire de vostre Nom, contre les iniures du temps. L'experience nous fait voir que tous ces Arcs triomphaux qu'autrefois on auoit esleuez, pour eterniser la memoire de ce mesme CÆSAR *que ie vous presente, ne nous donneroient que de foibles marques de sa grandeur & de sa vertu, si ses Commentaires ne le faisoient reuiure en la mesme splendeur qu'il estoit en les escriuant. Souffrez donc (Monseigneur) que ie vous coniure à genoux au nom de toute la France, de vouloir imiter cèt illustre Dictateur, & de trauailler vous mesme à vostre gloire, puis que vous en estes seul capable: afin que tous les siecles suiuans, croyent aussi bien que moy, lors qu'ils apprendront les miracles de vostre vie, que si le Grand* CÆSAR *fust venu dans le temps où vous estes, pour acquerir le tiltre glorieux de vainqueur des Gaules, la Couronne qu'il obtint apres dix ans de combats, au-*

roit paru ſur voſtre teſte : & nous vous euſſions veu triompher d'vn homme , qui triomphoit de tous les autres. Mais comme on ne ſçauroit faire que deux âges tant eſloignez ſe reduiſent en vn, ie fais du moins que ce meſme CÆSAR, *qui pouuoit eſtre voſtre captif, a beſoing de voſtre protection ; ne luy refuſez pas vne grace qui luy eſt ſi neceſſaire, car ie ne doute point qu'il ne ſe trouue des* BRVTVS, *qui le perſecuteront encor dans mon ouurage : mais il les vaincra tous ſans peine, pour-ueu que vous le regardiez fauorablement, & que vous me permettiez de publier que vous voulez bien que ie ſois toute ma vie,*

MONSEIGNEVR,

Voſtre tres-humble, tres-obeïſſant,
& tres-paſſionné ſeruiteur
DE SCVDERY.

AV LECTEVR.

IL est des Tragedies, comme des beautez ſerieuſes, elles ne plaiſent pas à tout le monde: ce genre de Poeme, qui n'a pour obiect que d'eſmouuoir les paſſions, & de donner de l'horreur & de la pitié, ne ſçauroit eſtre le diuertiſſement de ces humeurs enioüées, qui n'en peuuent trouuer qu'à rire. Quelque ſublime que ſoit l'eſprit de Seneque, celuy de Plaute leur agreera dauantage: & ſans doute ils prefereront la naïfueté de l'vn, à la magnificence de l'autre. Mais pour moy, ſans condamner le ſentiment de perſonne, pour authoriſer le mien, ſoit qu'il vienne de ma raiſon, ou de mon temperament, i'aduoüe que le Poeme graue, attire mon inclination toute entiere : & que ie me fais violence, lors qu'on me voit trauailler, sur vn sujet qui ne l'est pas. Comme toutes les choses qui sont en la Nature, vont à leur centre, auec vne merueilleuse facilité, ie sens bien que mon genie s'esleue, plus aisément qu'il ne s'abaisse : & que le stile põpeux me couste moins que le populaire. I'ay plus de peine à faire parler des Bergers que des Rois ; & les maximes de la Morale & de la Politique, s'offrent plustost à mon imagination, que ie n'y trouue cette humble & douce façon d'escrire, que demande vn ouurage Comique. Ce discours (Lecteur) est plus vn effect de ma crainte, que de ma vanité ; & ie veux plustost excuser mes autres pieces, que te loüer celle-cy. Ce n'est pas que ie la iuge absolument mauuaise, mon opinion particuliere seroit trop orgueilleuse, si elle vouloit combattre la generalle : & ie ne mettrois iamais au iour, vne chose que i'en croirois indigne. Ie sçay bien que cette

Tragedie eſt dans les Regles ; qu'elle n'a qu'vne principale action, où toutes les autres aboutiſſent ; que la bien-ſeance des choſes s'y voit aſſez obſeruée ; le Theatre aſſez bien entendu ; & les penſées, & la locution, aſſez proportionnées à la grandeur de mon ſujet ; & qu'en fin, ſi ie dois tirer quelque gloire de la Poëſie, il faut que cét ouurage me la donne. Mais auec tout cela, ie t'aduoüe, que l'idée que i'ay conceuë de cet Art, eſt ſi haute, que mes paroles n'en ſçauroient approcher : & qu'à la repreſentation de mes Poemes, ie ſuis touſiours le moins ſatisfait. Ne t'imagines donc pas, de voir vn Tableau finy, puis que i'eſcris à tous ceux qui partent de ma main, SCVDERY FAISOIT CETTE PEINTVRE ; & non pas iamais A FAIT : tant il eſt vray que i'eſbauche mieux que ie n'acheue, tant il eſt certain que ie le connois. Au reſte, ie dois t'aduertir, que ie fay dire des choſes à Brutus, que l'Hiſtoire met en la bouche de Decimus Brutus Albinus, mais ne crois pas que ce rapport de noms ait embroüillé mon iugement, & m'ait fait prendre l'vn pour l'autre: i'ay trop estudié Plutarque, pour tomber en cette erreur, dont ie ne suis point capable. Mais c'est vn dessein qui regarde le Theatre, & qui pour faire mieux agir le principal Acteur, s'escarte vn peu de la verité, dans vne chose de nulle importance. Ie sçay bien que Brutus a des Sectateurs, qui ne le trouueront pas bon, mais outre que i'escris souz vne Monarchie & non pas dans vne Republique, ie confesse que ie n'ay pas de ce Romain, les hauts sentimens qu'ils en ont: car s'il aimoit tant la liberté de sa Patrie, ie trouue qu'il deuoit mourir auec elle, apres la perte de la bataille de Pharsalle, sans attendre celle de Philippes. Il ne deuoit point deuenir le flateur de CÆSAR, pour s'en rendre apres l'assassin; ou plustost le Parricide: & s'il aimoit tant la Philosophie, il deuoit finir sans luy dire des iniures, & ne pas faire voir qu'il ne vouloit estre sage, que lors qu'il estoit heureux. Mais i'ay tort de songer aux fautes des grands

grands hommes de l'Antiquité, lors que ie fais imprimer les miennes : & i'aurois plus de raison, de chercher dequoy faire mon Apologie, que leur censure. Mais ie ne veux ny te flatter, ny te preuenir ; ie te laisse ton iugement libre; & ne te le demande qu'equitable.

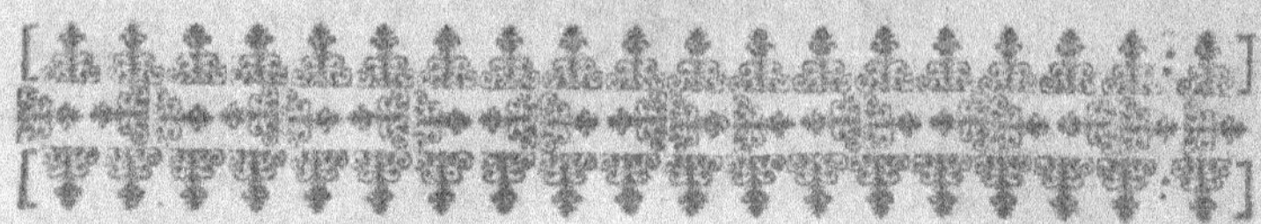

PROLOGVE.

LE TIBRE, LA SEINE.

LE TIBRE.

I'AY trauersé les flots amers
De deux fieres & vastes Mers,
Auec autant d'amour que i'ay souffert de peine:
O riuage François! climat heureux & doux,
Ie ne le dis qu'à vous,
Qui sçauez que le Tibre est venu voir la Seine.

Son nom fameux qui va par tout,
Et qui de l'vn à l'autre bout
A remply l'Vniuers du bruit de ses merueilles:
M'ayant charmé l'esprit des beautez de ces lieux,
I'ay voulu que mes yeux
En fussent les tesmoins, sans croire à mes oreilles.

Adorable Diuinité
Pardonne à ma temerité,

Puis qu'elle est vn effect de ton merite extresme:
Et sors en ma faueur des portes de Cristal
De ton Palais natal,
Pour monstrer à mon cœur le rare obiect qu'il aime.

La vague s'enfle; & ie la voy
Qui s'esleue & se monstre à moy,
Mais telle qu'on la peint, la plus belle du monde:
Et qui ne connoistroit de si charmans appas,
Ne la croiroit-il pas
Venus, ou le Soleil sortant du sein de l'onde?

Le Tibre que tant de Guerriers
Ont iadis couuert de Lauriers,
Les vient mettre à tes pieds, & chanter ta loüange:
Mais quelques ornemens qu'il y puisse employer,
Il ne fait que payer
Vn tribut que te doit le Danube & le Gange.

LA SEINE.

Sois plus iuste en ce compliment,
Fais mieux agir ton iugement,
Puis que ma gloire vient d'vne cause premiere:
Que si mon foible esclat rend tes yeux esbloüis,
Que ne fera LOVIS,
Luy de qui ma splendeur, emprunte sa lumiere?

PROLOGVE.

Ouy ce n'est que par ce grand Roy
Que l'Vniuers parle de moy;
Son Nom porte le mien aux deux bouts de la terre:
Les plus loingtains Climats, & les plus separez
Sont desia preparez
A receuoir les coups de ce foudre de guerre.

Ny tes Consuls, ny tes Cæsars,
N'ont iamais couru les hazards,
Où s'expose le cœur de ce ieune Alexandre:
Son indomptable main (en donnant le trespas)
A fait plus de combats,
Qu'on n'en fit autresfois sur les bords du Scamandre.

Ne connois tu pas RICHELIEV?
Quoy! cét illustre demy Dieu,
N'auroit-il point d'Autels dans ta Rome fameuse?
Luy qui par des hauts faits qui n'ont point de pareils,
Et par ses bons conseils,
A vaincu l'Ocean, l'Eridan, & la Muse.

Toy qui viens de quitter la Cour
Où le Dieu des Eaux fait seiour,
N'auras tu point appris ce que pût sa fortune?
Quand pour venir à bout de ce Siege important,
Sa prudence fit tant,
Qu'elle enchaina les vents, & captiua Neptune.

Demande aux Monts audacieux,
De qui le front touche les Cieux,
Si leur fermeté cede à celle de son ame:
Les Alpes te diront qu'il luy falut dompter
(Auant que dy monter)
Les rochers, les torrens, & le fer, & la flame.

Mais ie parle de ses exploits,
Et ie manque desia de voix!
Leur nombre m'espouuante, & ma bouche est fermée:
Appreuue mon silence, & ne desire plus
Ces discours superflus;
Si tu les dois sçauoir, c'est de la Renommée.

Elle pourra t'apprendre encor
Qu' Apollon a sa lire d'or,
Par les biens qu'il reçoit de sa main liberalle;
Et que ce grand Heros, estime les neuf Sœurs,
Fais cas de leurs douceurs
Et leur donne à chanter sa gloire sans esgale.

Aussi iamais les doctes mains,
Soit des Grecs, ou soit des Romains,
N'ont tracé du bien dire, vne si haute idée:
Et iamais Euripide en voulant l'esgaler,
N'eust fait si bien parler,
HERODES, SOPHONISBE, & la docte
MEDEE.

Auiourd'huy mesme en toutes pars,
LA MORT DV PREMIER DES CÆSARS,
S'en va faire admirer nostre Scene Tragique:
Tarde vn peu sur mes bords, ou pour te resioüir,
Ie veux te faire oüir
Tout vn peuple rauy de voir ta Republique.

LE TIBRE.

S'il te plaist, i'y suis resolu;
Ton commandement absolu
Ne peut treuuer en moy que de l'obeissance:
Plongeons nous sous les flots qui craignēt ton pouuoir,
Trop heureux de t'y voir,
I'oubliray si tu veux le lieu de ma naissance.

LA SEINE.

Nos païs ne le souffrent pas;
Le sort appelle ailleurs tes pas;
Mais pour nous separer auecques moins de peine,
Sçache que le destin m'a fait lire en ses loix,
Qu'vne seconde fois,
Il veut ioindre nos LIS, & ton AIGLE ROMAINE.

PROLOGVE.

Suy le respect, & le desir,
Et viens voir auecques plaisir,
RICHELIEV, dont l'esprit est au dessus de l'homme:
Et confesse, en voyant ce diuin Cardinal,
Qu'il n'eut iamais d'esgal,
Parmy ces grands Heros qu'on adoroit à Rome.

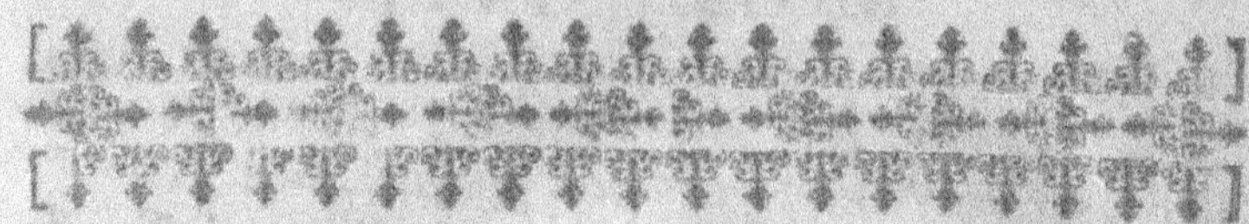

LES ACTEVRS.

CÆSAR, Dictateur perpetuel.
CALPHVRNIE, sa femme.
BRVTE, Senateur.
PORCIE, sa femme.
CASSIE, Senateur.
LEPIDE, Senateur.
ANTHOINE, Senateur.
LABEO, Senateur.
QVINTVS, Senateur.
ALBIN, Senateur.
COEVR d'autres Senateurs.
ARTEMIDORE, Rethoricien Grec.
EMILIE, suiuante de Calphurnie.
PHILIPPVS, Affranchy de Cæsar.
COEVR de peuple Romain.

La Scene est à Rome.

LA

LA MORT DE CÆSAR.

ACTE PREMIER.

BRVTE, CASSIE, PORCIE.

SCENE PREMIERE.

BRVTE, CASSIE.

BRVTE.

E deliberons plus, le ſort en eſt ietté:
L'excés de preuoyance eſt vne laſcheté:
Il faut pour ce grand coup choiſir l'heure opportune,
Et puis s'abandonner aux mains de la fortune.

Fleau des foibles esprits, image du danger,
Vous choquez vn dessein qui ne sçauroit changer;
Il est iuste, il est beau, c'est ce que ie demande:
Ma main, resoluons nous; l'honneur nous le commande:
Monstrons le mesme cœur qu'ont monstré nos parens,
Et que le Nom de Brute est fatal aux Tirans.

CASSIE.

Ieune & vaillant Heros, de qui la Republique
Espere sa franchise, & sa splendeur antique:
Tu veux suiure vn chemin que les tiens ont battu,
Comme illustre heritier de leur haute vertu:
Poursuis, braue Guerrier, imite leur memoire,
Car le mesme labeur t'acquier la mesme gloire;
Pour deuoir l'entreprendre il ne te manque rien;
Vers toy se tourne l'œil de tous les gens de bien:
Puis qu'vn nouueau Tarquin ainsi nous persecute,
Fais voir qu'on treuue encore vn veritable Brute,
Ennemy des Tirans, de qui l'authorité,
Veut opprimer le peuple, & nostre liberté;
Fais voir qu'vn siecle infame, en toy fit naistre vn homme,
Digne de la grandeur de la premiere Rome.

BRVTE.

Les peuples que le sort a soubmis à des Rois,
En doiuent reuerer la personne & les loix,

C'est là mon sentiment, & ie tiens que sans crime,
On ne peut renuerser vn Throsne legitime:
Mais Casar est iniuste, en nous voulans oster
Ce que tous les thresors ne sçauroient acheter:
D'esgal il se fait Maistre; & Rome en fin trompée,
Voit bien que c'est pour luy qu'elle a vaincu Pompée;
Que c'estoient deux Riuaux esgalement espris,
Qui faisoient vn combat dont elle estoit le prix,
Qu'ils auoient mesme but, & vouloient entreprendre
D'oster la liberté, faignant de la deffendre:
De sorte qu'en leur gain nous ne pouuions gaigner,
Puis qu'ils auoient tous deux le dessein de regner;
Et que de quelque part qu'eust panché la balance,
Rome deuoit souffrir la mesme violence.
O droict! ô bonnes mœurs! ô iustice des Cieux!
Combien peu vous respecte vn cœur ambitieux?
Et de quoy n'est capable vne ame desreglée,
Quand par l'esclat d'vn Sceptre elle s'est aueuglée?
Quels crimes n'ont commis ces Tygres inhumains?
N'ont-ils pas oublié qu'ils estoient nais Romains?
Et lors qu'ils disputoient la puissance Royalle,
N'ont-ils pas fait rougir les plaines de Pharsalle?
Moy mesme (ô souuenir! plein de resentiment)
Ay veu des flots de sang, & des monts d'ossemens;
Et pour atteindre au but de leurs folles enuies,
Les Parques ont tranché plus de cent mille vies!
Ha Casar! ô Tiran! c'en est trop enduré;
Le Ciel veut ton trespas, & Brute l'a iuré.

CASSIE.

Ha ! l'illustre serment, ha ! la belle entreprise ;
C'est de ceste façon que l'on s'immortalise ;
Voila ce grand dessein digne d'estre admiré,
Qui de tous les Romains s'est veu tant desiré.
Fatale ambition, detestable folie,
Qui coustes tant de sang à la pauure Italie :
Monstre, à qui l'Vniuers semblent encor trop petit,
Pour saouler pleinement ton auide appetit ;
Voicy le dernier iour de ta rage homicide,
Le bruit de nos souspirs vient d'esueiller Alcide.

BRVTE.

Ha ! tu me traites mal, rare & fidelle amy ;
Mon cœur estoit pensif, mais non pas endormy ;
Il pese meurement tout ce qu'il se propose,
Et souuent il agit, qu'on iuge qu'il repose.
Vn dessein perilleux se doit examiner,
Et ce n'est pas assez que de l'imaginer,
Il faut en voir la fin premier que si resoudre :
Un homme preparé ne craindroit pas la foudre :
Ce qu'on pense en tumulte est suiet à faillir,
Par le moindre accident qui nous viennent assaillir.
Mais auant qu'entreprendre vne haute aduenture,
Quand vn solide esprit s'en est fait la peinture,
Rien ne l'estonne plus ; ny foible, ny mutin ;
Il fait, & laisse faire au supréme destin.

C'est l'estat où ie suis, braue & sage Caßie:
Mais ce don vient du Ciel, & ie l'en remercie,
Faisons voir ce que peut (aux Romais esbahis)
Et l'amour des vertus, & celle du païs:
Et resolus de faire vn acte memorable,
Taschons de prendre vn lieu qui nous soit fauorable.

CASSIE.

Pour auoir sans peril nostre commun repos,
Le Senat (ce me semble) est le plus à propos.
Sa garde ailleurs par tout le suit comme son ombre.
Mais là, comme en vertu nous le passons en nombre:
Si ta main seulement veut signer son trespas,
Celle de nos amis ne nous manquera pas.
Tu sçais bien qu'ils sont prests de suiure ta fortune,
Et d'auoir le danger, & la gloire commune:
Mais quel est ce danger! si chacun est pour toy;
Et si tous ont horreur du simple nom de Roy?

BRVTE.

Ceste belle esperance est encore incertaine?
Le captif à la fin s'accoustume à la chaine.
Tout mal par l'habitude est facile à souffrir,
Plus qu'vn remede amer qu'ō tasche en vain d'offrir.
Ces cœurs peu genereux, ces ames abaissées:
Que l'honneur a quittez, que la gloire a laissées:
Ce foible, & lasche peuple, apres auoir permis
Tout ce qu'ont desiré ses mortels ennemis,

Au milieu du peril, se croit sur le riuage,
Et baise encor la main qui le met en seruage.
D'vne feinte douceur, d'vn sousris attrayant,
L'adresse de Cæsar le pipe en le voyant;
Sa ruse son esprit, sçait desguiser les choses,
Et cacher finement les fers dessous les roses:
L'or, dont il est prodigue, establit son pouuoir,
Et sa main donne tout, afin de tout auoir:
De sorte que le peuple ayant pris ceste amorce,
Agit contre soy mesme, authorise sa force,
Luy prepare le throsne, & l'excite à monter,
Deuient souple, seruile, & se laisse dompter.
Ainsi quelque dessein que nostre vertu prenne,
Ces esclaues d'vn Roy banniront cette Reine,
Seront contr'eux pour luy: mais sans plus discourir,
Libres nous sommes nais, libres il faut mourir.

CASSIE.

Le temps nous produira ses effects ordinaires:
Brute ie cognois bien l'amour des mercenaires,
Cæsar ne viuant plus, ces amis d'interest,
Appreuueront sa mort, en beniront l'arrest,
Et vrais Cameleons plus changeans que Neptune,
Ils suiuront le party que suiura la fortune.

BRVTE.

Il n'appartient qu'aux Dieux de sçauoir l'aduenir:
Commençons tousiours bien, & laissons les finir:
Nostre prudence est courte, & la leur infinie;
Elle sera pour nous, contre la tyrannie;
Leur bonté les oblige en ce pressant besoin,
De voir nostre conduitte, & d'en prendre le soin.

CASSIE.

Nous mesmes conduisons nos faicts, & nos années:
Nous seuls pouuons former nos bonnes destinées:
Brute, s'il est des Dieux, ils s'occupent ailleurs,
Qu'à nous rendre contens, & nos destins meilleurs.

BRVTE.

L'on voit en tes discours, l'on oit en mes repliques,
La Secte d'Epicure, & celle des Stoiques:
Mais pourtant nos pensers, ennemis des tirans,
Vont en vn mesme lieu, par sentiers differens.

CASSIE.

Mets ta main dans la mienne; icy ie te proteste,
(Et soit nostre aduenture, ou prospere, ou funeste)

De suiure desormais ta fortune & tes pas,
Soit que tu veuilles viure, ou courir au trespas.

BRVTE.

Dieux iustes! Dieux vangeurs! ennemis du pariure,
Escoutez nos sermens, Brute vous en coniure:
Punissez l'infracteur qui manquera de foy,
Et si ie l'abondonne, ô Dieux foudroyez moy.

CASSIE.

Brute en donnant son cœur, prend celuy de Cassie:

BRVTE.

Trefues de ce discours; voicy venir Porcie:
Va-t'en voir nos Amis, ie te suiuray de prés,
Couronné de lauriers, ou couuert de Ciprés.

SCENE

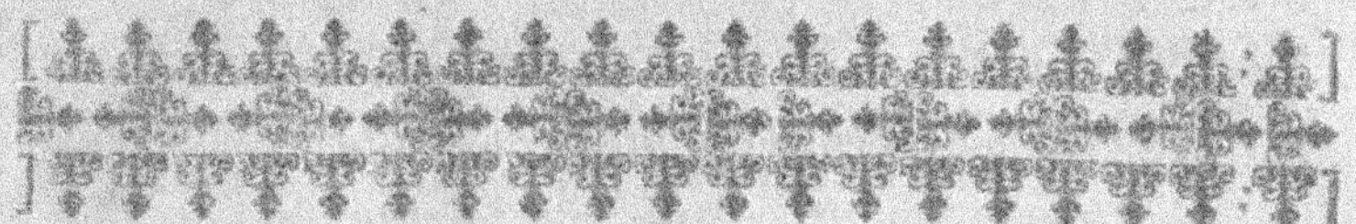

SCENE SECONDE.

PORCIE, BRVTE.

PORCIE.

E me direz vous point quelle humeur solitaire,
Vous esloigne de moy, vous oblige à vous taire?
Auriez vous reconnu mon esprit indiscret,
Capable en trahissant, d'vser mal d'vn secret?
Brute, s'il a commis vne telle imprudence,
Priuez-le de l'honneur de vostre confidence;
Ayant bien merité ce iuste chastiment,
Ie n'appelleray point de vostre iugement;
Ie subiray sans plaindre, vn Arrest legitime;
Mais que ie sçache au moins l'espece de mon crime;
Ie ne m'en souuiens pas: & loing d'y consentir,
Sans sçauoir quel il est, i'en ay du repentir.

BRVTE.

Ha! que tu fondes mal ta foible coniecture:
La peine que ie sens, est d'vne autre nature;
Le corps, & non l'esprit, en souffre la rigueur;
Et ie ne sçay point l'art de te cacher mon cœur.
Depuis neuf ou dix iours vne douleur confuse,
Me priue du sommeil que la nuit me refuse;
Certaine pesanteur occupe tous mes sens;
Et i'ignore le nom de ce mal que ie sens.

PORCIE.

Que la feinte mesied à l'ame genereuse!
Ou ie suis criminelle, ou ie suis mal-heureuse:
Vous perdez le repas, vous perdez le repos,
Des souspirs continus tranchent tous vos propos,
Vous resuez en tous lieux, & contre vostre vsage
Vne morne tristesse, est peinte en ce visage;
C'est ce qu'on ne fait point pour vn mal inconnu,
Il nous doit aduenir, ou nous est aduenu.

BRVTE.

Aussi peu l'vn que l'autre; & c'est ce qui t'oblige
A ne t'affliger pas, croyant que ie m'afflige.

PORCIE.

Ha ! ne contestez plus, contentez mes desirs :
Quoy ! n'ay-ie point de part aux maux, comme aux plaisirs ?
Quoy ! vostre ame croit donc quelque ennuy qui la tienne,
Que le vice du sexe a pouuoir sur la mienne ?
Qu'elle ne sçauroit taire vn secret important ?
Brute, s'il est ainsi, que ie meure à l'instant :
Ne me regardez plus que comme vne infidelle,
N'escoutez pas ma pleinte, ou bien vous mocquez d'elle.
Mais si cette amitié qui ioignoit nos esprits,
(Qui dure par l'estime, & meurt par le mespris)
Subsiste encore en vous, iugez mieux de mon ame ;
Et sçachez que Porcie endureroit la flame,
Auant que descouurir ce qu'elle doit cacher,
Et que pour voir son cœur, il faudroit l'arracher.
Arbitres du present, & des choses passées,
Qui seuls auez pouuoir de lire en nos pensées,
Dieux iustes, Dieux clements, permettez auiourd'huy,
Que Brute y puisse voir l'amour que i'ay pour luy ;
Afin qu'il puisse croire en la voyant extréme,
Que me dire vn secret, c'est le dire à luy-mesme.

BRVTE.

Ha! c'est trop, ie me rends; & contre mon dessein,
Ton zele, & ton amour, s'en vont m'ouurir le sein.
Connoissant ton pouuoir, tu me fais violence;
Car ce n'est qu'à regret que ie romps mon silence:
Mais comme i'en vsois pour ne pas t'affliger,
Ie le quitte, de peur de te desobliger.
Prepare ton oreille, excite ton courage;
Et iuge dans le port, quel doit estre l'orage:
Sçache que ie m'appreste à faire vn coup si grand,
Qu'il fait presque trembler la main qui l'entreprend.

PORCIE.

Mon cœur n'est point outré, ny ma paupiere humide;
La fille de Caton ne peut estre timide:
Fais agir ta prudence; elle suiura ton sort,
Quand il deuroit passer par les mains de la mort.

BRVTE.

O d'vn pere excellent, excellente heritiere!
Il entend les entrailles de Caton d'Vtiques.
On voit qu'il t'a laissé sa vertu toute entiere:
(Vertu, que dans sa fin l'Vniuers admira)
Et qu'il te fit sortir de ce qu'il deschira.
L'amour de son pays, qui luy cousta la vie,
Me fait suiure ses pas, me donne mesme enuie,

Et pour dire en vn mot tout ce que i'ay pensé,
Ie suis prest d'acheuer ce qu'il a commencé.

Il veut deliurer la Republique.

PORCIE.

N'attendez pas de moy des marques de foiblesse,
Je hay trop le Tyran, s'il vous choque, il me blesse:
L'image de Caton qui me suit en tous lieux,
Semble offrir son poignard, & son sang à mes yeux:
Mais Brute, ma douleur n'est pas sans allegeance;
Vn extreme plaisir se treuue en la vangeance;
Et loing d'auoir des pleurs capables d'arrester,
I'en respandrois plustost pour vous solliciter.

BRVTE.

O miracle! ô grand cœur! à qui tout autre cede;
Dieux, que ie suis puissant, puis que ie te possede

PORCIE.

Ouy, vous y regnez seul; rien ne peut l'asseruir;
Et ce cœur est vn lieu qu'on ne vous peut rauir.

BRVTE.

Adieu, l'heure m'appelle; auant que ie te voye,
Nous serons dans l'excez de tristesse ou de ioye.

PORCIE.

Moy, ie vay de ce pas au pied de nos autels,
Offrir des vœux pour vous, à tous les immortels.

BRVTE.

Encor vn coup, Adieu;

PORCIE.

Mon ame vous veut ſuiure:

BRVTE.

C'eſt fait; Brute ou Cæſar s'en vont ceſſer de viure.

ACTE II.

LEPIDE, ANTHOINE, CALPHVRNIE, CÆSAR, BRVTE. CASSIE, PORCIE, PHILIPVS.

SCENE PREMIERE.

LEPIDE, ANTHOINE.

LEPIDE.

A CEVX de qui la main gouuerne l'Uniuers,
Les plus grands ennemis ſont les moins deſcouuers :
La douceur de Cæſar ſe treuuera deceuë,
Et ſa clemence enfin n'aura pas bonne iſſuë,

Ne regner qu'à demy, c'est auoir mauuais ieu;
Et nostre Dictateur en fait trop, ou trop peu.
Vn calme si profond, m'afflige, & le menace;
Jamais Pilote expert n'aima tant la bonace:
Elle porte souuent (lors qu'elle veut changer)
De l'extréme repos, à l'extreme danger.
Les flots les plus vnis sont suiets à l'orage;
Vn instant voit leur paix, vn instant voit leur rage;
Et dans les grands Estats, comme en cét element,
Mesme peril se treuue, & mesme changement.
Face le Ciel (Antoine) en ces choses futures;
Que ie me sois trompé dedans mes coniectures;
Et que le grand Cæsar (à qui rien ne deffaut)
N'ait point de precipice, estant monté si haut.

ANTHOINE.

Ie tiens que cette crainte a la raison pour guide;
Vostre aduis est le mien, sage & prudent Lepide;
Cét excés de clemence a desia trop permis;
Tout doit estre suspect, venant des ennemis:
Et de quelques bien-faicts qu'on les reconcilie,
Les croire, c'est foiblesse, & les aimer folie.
Celuy dont ce descours a formé son obiet,
Porte escrit sur le front quelque mauuais proiet;
Son humeur sombre & noire, est vn signe visible,
Que pour troubler autruy son cœur n'est point paisible;

Il rumine

Il rumine ſans doute, vn deſſein important:
Ouy, Brute m'eſt ſuſpect,

LEPIDE.

ie vous en dis autant:

ANTHOINE.

Et Cæſar neantmoins en à l'ame charmée,
Se repoſe ſur luy des ſoings de ſon armée,
N'a iamais de penſers qui ne luy ſoient ouuers,
Et le rend apres luy Maiſtre de l'Vniuers.
Le Senat d'autre part va iuſqu'à l'inſolence,
Et pour rompre ſa chaine a rompu ſon ſilence;
Murmure effrontément contre le Dictateur,
Se pleint de ſon pouuoir, l'appelle vſurpateur,
Et taſche d'exciter quelque dextre hardie,
A la ſanglante fin de ceſte Tragedie.
O bonté de Cæſar cauſe de ma douleur,
Tu le ſeras vn iour de ſon propre mal-heur.
Quiconque tient en main la puiſſance vſurpée,
En tout temps, en tous lieux, y doit tenir l'eſpée;
Tel Prince doit auoir (comme celuy d'Enfer)
Et le Throſne de flame, & le Sceptre de fer:
Et comme il eſt ſeruy par la ſeule contrainte,
Il doit s'enuironner de terreur & de crainte;
Abatre les plus grands, qui choquent ſon pouuoir,
Pour contenir le reſte aux termes du deuoir;

Et de leur infortune augmentant ſa puiſſance,
Auoir moins de ſubiects, & plus d'obeiſſance.

LEPIDE.

Ce mal eſt en vn point qu'on le peut éuiter:
Ceſar peche en douceur, mais il la peut quitter:
L'amitié la plus franche, eſt la plus eſtimable;
En ceſte occaſion, le ſilence eſt blaſmable;
Parlons, mais hardiment, puis qu'il en eſt ſaiſon:
Et haut; dans le deſſein d'eſueiller la raiſon:
Chæſar merite bien vne amitié fidelle.

ANTHOINE.

Allons à ſon Palais où l'heure nous appelle.
Pour le ſuiure au Senat, apres que nos propos
Auront mis ſon eſprit, & le noſtre en repos.

SCENE SECONDE.

CALPHVRNIE, CÆSAR, PHILIPVS.

CALPHNRNIE.

V secours mes Amis, des Tigres sanguinaires,
Exercent sur Cæsar leurs fureurs ordinaires.

La châbre de Cæsar s'ouure, sa femme est sur vn lict endormie, il acheue de s'habiller.

CÆSAR.

La peine qu'elle sent, me touche de pitié:
Ce songe, est vn effet d'vne forte amitié,
Qui peignant mon visage, en l'imaginatiue,
Luy fait tenir certain que ce mal-heur m'arriue.

CALPHVRNIE.

O Dieux! rien ne s'oppose, à ce sanglant effort;
Il n'en peut plus, il tombe, il se meurt, il est mort,

CÆSAR.

Il la faut esueiller : respondez moy dormeuse.

CALPHVRNIE.

Qui m'appelle ? ou sont ils ? reuenez troupe affreuse :

CÆSAR.

Vous mesmes, reuenez d'vn assoupissement,
Qui nous a fait souffrir tous deux, égallement.

CALPHVRNIE.

Est-ce vous mon Cæsar ? helas ! est-il poßible,
Que vous soyez viuant, & que ie sois sensible ?
Vous me venez de rendre vn seruice important :
Vous me ressuscitez, en vous ressuscitant ;
Et par vous & pour moy la force est dißipée.
Des plus noires vapeurs dont l'ame soit trompée.
Mais Dieux ! m'est-il permis par vn discours flateur,
De mespriser ce songe, & l'appeller menteur ?
Et m'ayant si bien peint vn acte si tragique,
Le dois-ie croire faut ? ou songe prophetique ?
Vous, dont la volonté regle mon sentiment,
Aßistez ma raison de vostre iugement ;
Je sens bien qu'elle est foible, & que le mal l'emporte,
Elle s'oppose en vain, & la crainte est plus forte.

CÆSAR.

Quoy! vous laissez vous vaincre aux effets de la peur
Vous qui ne combatez que contre vne vapeur?
Et cét esprit solide, en sa douleur amere,
Ne peut-il se sauuer des mains d'vne chimere?
Puis qu'en me renoyant vous auez de l'effroy,
Ce phantosme est plus fort, ny que vous, ny que moy.
Mon amour s'en offence, & ce mespris la blesse;
Pour tesmoigner la vostre ayez moins de foiblesse:
Chassez vne frayeur qui n'a point de suiet;
Et par vostre recit monstrez moy son obiet.

CALPHVRNIE.

Ha! ne conseruez pas ceste fatale enuie:
Estouffez ce desir, si vous aimez ma vie:
Ce prodige est si noir, qu'on n'en peut discourir,
Le seul penser m'en met aux termes de mourir:
Et bien que ie me plaise en mon obeissance,
Ce que vous demandez n'est pas en ma puissance.
Disons-le toutefois: la parque dans ses mains,
A retranché les iours du plus grands des humains;
Et quoy que ce mal-heur ne subsiste qu'en songe,
Ie crains auec horreur ce funeste mensonge.
O! vous qui penetrez dans vn lasche attentat,
Bons Dieux, sauuez Cæsar, pour sauuer tout l'Estat;

Sans doute il periroit dedans son infortune;
Et desormais sa perte, est la perte commune.

CÆSAR.

Ces vœux iustes & saincts volleront iusqu'au Ciel;
Ils pourroient adoucir vn astre tout de fiel;
Et de quelque façon que le sort me regarde,
Ie me tiens asseuré d'vne si bonne garde:
Puis qu'ils partent d'vn cœur, & si pur, & si net.
Mais l'heure du Senat m'appelle au cabinet,
Qu'on me donne ma robe.

CALPHVRNIE.

Ha! ce peu de croyance,
Veut offusquer les yeux de vostre preuoyance;
Cæsar, vous refusez d'vn esprit estonné,
Vn aduertissement que les Dieux m'ont donné.
Ouy les Dieux m'ont fait voir vostre perte asseurée,
Si vous n'oyez les cris d'vne desesperée,
Qui se iette à vos pieds, embrasse vos genoux,
Et vous coniure icy de prendre garde à vous.
Ce songe est vn esclair qui deuance vn tonnerre,
Dont le courroux du Ciel semble aduertir la terre;
Receuez le conseil de ce cœur affligé;
Et ne vous perdez pas pour l'auoir negligé.
Au moins, craignez vn peu le mal que ie soupçonne:
Souffrez que tous vos gens suiuent vostre personne;

Afin que leur ſecours vous puiſſe guarantir,
Du triſte ſentiment d'vn tardif repentir.

CÆSAR.

Cæſar ne peut rien craindre; & ſon ame affermie,
Voit gemir ſouz ſes pieds la fortune ennimie:
Conſolez vous mon cœur, perdez ce ſouuenir;
Et laiſſons au deſtin le ſoin de l'aduenir;
Il nous faut arriuer où ſon vouloir nous meine.

CALPHVRNIE.

O! le foible ſecours, qu'eſt la prudence humaine! La châbre ſe referme.

SCENE TROISIESME.

BRVTE, CASSIE.

BRVTE.

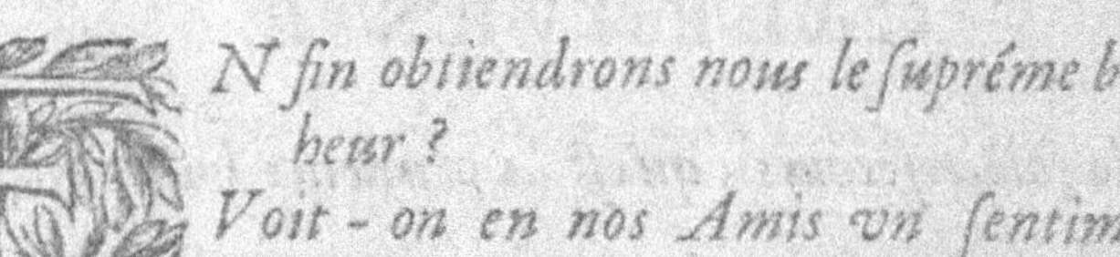

EN fin obtiendrons nous le supréme bonheur ?
Voit-on en nos Amis vn sentiment d'honneur ?
As-tu bien obserué les traits de leur visage ;
N'y remarques-tu rien de sinistre presage ;
Cette premiere ardeur est-elle dans leur sein ?
Ne succombent ils point souz le faiz du dessein ?
N'ont ils point mis d'obstacle à leur gloire prochaine ?
Leurs esprits sont-ils ioints par vne mesme chaisne ?
Vont-ils d'vn mesme pied ? l'auras-tu bien pu voir ?
Et bref, qui regne en eux, ou la crainte, ou l'espoir ?

CASSIE.

Iamais Lire d'Orphée, en douceur infinie,
Ne fut si bien d'accord, & n'eut tant d'harmonie ;

Ha ;

Ha! qu'ils sont esloignez de la peur du trespas;
Vn puissant éguillon solicite leurs pas:
Et pareils aux Dauphins qui sautent dans l'orage,
Tous ont le mesme but, & le mesme courage:
Tous regardent la mort, comme vn souuerain bien:
Quiconque ne la craint, ne sçauroit craindre rien,
C'est pour les grands esprits vne pierre de touche,
Aussi tous nos amis, te iurent par ma bouche,
Que cét obiet terrible, aux cœurs peu genereux,
Ne peut iamais auoir que des attraits pour eux;
Et qu'ils suiuront ton sort, ou funeste ou prospere,
Juge ayant cét esprit, s'il craint, ou s'il espere.

BRVTE.

Le doute que i'en ay, n'est pas sans fondement:
Tel homme ne craint point l'aspect du monument,
Qui craindra pour son bien, pour son fils, pour sa femme;
En tous n'esclatte pas cette fermeté d'ame,
Qui pour suiure l'honneste, oblige en le faisant,
De mettre sous le pied, l'vtile, & le plaisant.
Il est diuers degrez de constance, & de force:
Il ne faut pas iuger de l'arbre par l'escorce:
L'apparence est trompeuse; & souuent vn amy,
Qu'on estime parfait, ne l'est pas à demy.
Le temps fait tousiours voir ces choses esclaircies:
Peu de Brutes en fin, & fort peu de Cassies.

Crois aussi bien que moy, que pour de si grands coups,
Il est peu de Romains qui soient égaux à nous.
Mais grace aux immortels, ce peu nous fauorise:
Ie voy, ie voy desia, le bout de l'entreprise:
Tous les Astres benins, vont au gré de nos vœux;
Ha belle occasion, monstre nous tes cheueux;
Puis qu'on te tend la main (te rendant secourable)
Fais nous auoir du temps une heure fauorable.

CASSIE.

Auant que de courir le plus grands des hazards,
Nos amis assemblez dedans le champ de Mars,
Desirent ta presence; esperant que ta veuë,
Appreuuera la foy, dont leur ame est pourueuë,
Ils pensent que ton œil inspire la valeur,
Et que ce grand courage, augmentera le leur,

BRVTE.

Pour cette volonté qui gouuerne la mienne,
Il n'est rien d'impossible, & rien qu'elle n'obtienne.
Il est iuste; allons-y; voyons ces vrais Romains;
Et ioignons pour l'Estat, & nos cœurs, & nos mains.
Vne derniere fois allons pour nous resoudre,
D'abaisser vn orgueil, si digne de la foudre:
Ouy, ouy, n'abusons plus d'vn silence discret,
Et gardons que le temps n'ouure nostre secret:

Mais quel dueil est escrit sur le front de Porcie?

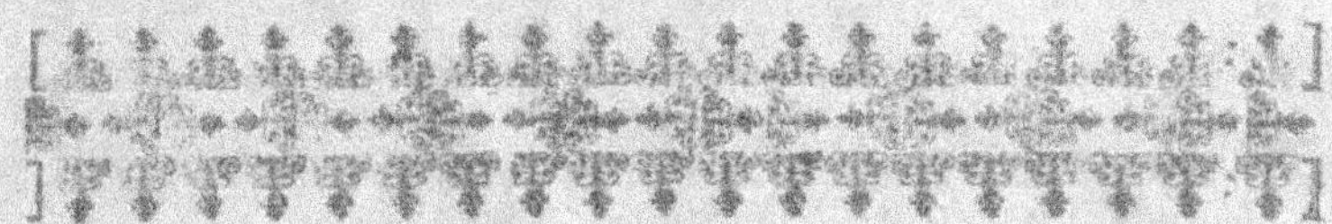

SCENE QVATRIESME

PORCIE, CASSIE, BRVTE.

PORCIE.

O Funeste presage! ô triste prophetie!

CASSIE.

Aurois-tu descouuert ce dessein important?

BRVTE.

Ton esprit en ma place, en auroit fait autant:
Ie lis dedans son cœur, elle voit dans mon ame:

CASSIE.

Vn secret n'est pas bien dans celuy d'vne femme.

De quel mal inconnu souffres-tu la rigueur ?

PORCIE.

D'vn mal qui vous regarde, & qui m'oste le cœur:
Helas! qui le croiroit, ô tristesse infinie!
Les Dieux sont contre nous, & pour la tyrannie.

CASSIE.

On diroit à l'oüir, que le Ciel s'est ouuert:

PORCIE.

Leur courroux s'est fait voir au Sacrifice offert.

BRVTE.

Fais nous sçauoir au moins qui te rend desolée?

PORCIE.

Des marques de mal-heur, en la beste immolee;
Ha Brute le destin s'oppose à nos desirs,
Menace vostre teste, & destruit mes plaisirs.

CASSIE.

Estrange aueuglement de ce siecle où nous sommes!
O foiblesse d'esprit! stupidité des hommes;
De croire follement, que leur bien, & leur mal,
Est escrit au poulmon d'vn chetif animal;

Et que de certains Dieux, les troupes affamées,
Viennent dessus l'Autel se paistre de fumées.
Oracle, Sacrifice, augure, vol d'oyseaux,
Dieux du Ciel, de l'Enfer, de la terre, & des eaux,
Inuention humaine, aussi belle que feinte,
Vous ne me donnez point de sentiment de crainte,
Je penetre le voile, & descouure à trauers,
Que rien que le hazard, ne conduit l'Vniuers:
Iugez apres cela de vostre prophetie.

BRVTE.

Ie seray tousiours Brute, & toy tousiours Cassie:
Les escrits d'Epicure ont seduit ta raison.
Mais toy, finis vn dueil qui n'est pas de saison;
Mõ cœur, tu connois bien quelque mal qui m'arriue, *Il parle à sa femme.*
Que nous sommes trop loing pour regaigner la riue,
Dans la lice d'honneur il faut aller au bout.

PORCIE.

Ouy Brute, c'en est fait; mon esprit s'y resoud:
Il s'erit maintenant de la force ennemie;
Vous resueillez en moy la constance endormie;
Je veux aimer la gloire, elle plaist à mes yeux;
Et laisser l'aduenir, dans le secret des Dieux.
Allez donc mon cher Brute, où l'honneur vous appelle;
Seruez bien le public, espousez sa querelle;

Et quand vn bel exploiſt vous aura couronnez,
Oubliez ma foibleſſe, & me le pardonnez.

BRVTE.

Il entend *Allons cher compagnon, prendre cette couronne,*
de Porcie *Et ſuiure le conſeil, que la vertu nous donne.*

ACTE III.

CÆSAR, ANTHOINE, LEPIDE, PHILIPVS, BRVTE, CASSIE, LABEO, QVINTVS, ALBAIN, ARTEMIDORE, CALPHVRNIE, PORCIE.

SCENE PREMIERE.

CÆSAR, ANTHOINE, LEPIDE. PHILIPPVS.

CÆSAR.

NTRE les vrais Amis on ne doit rien cacher:
Rien, venant de leur part, ne me sçauroit fascher:
I'escoute leurs aduis, franc d'orgueil & d'enuie,
Et fais de leurs Conseils des regles à ma vie.

La châbre de Cæsar s'ouure.

I'aime l'amitié franche, & sans deguisement;
Tout le monde chez moy peut agir librement;
Dire ses sentimens; entrer en confidence,
Et corriger ma faute auecque sa prudence
La plus forte raison peut souuent sommeiller:
Et nostre propre sens n'est pas bon conseiller:
Nostre esprit contre nous a des forces extremes;
Nous voyons en autruy, beaucoup mieux qu'en nous mesmes;
Et qui se veut sauuer d'vn si dangereux pas,
Doit croire ses Amis, & ne se croire pas.
Je fonde mon repos dessus cette maxime:
Parlez donc hardiment, vous le pouuez sans crime;
Ie tiens que c'est me rendre vn seruice important;
Je n'ay pas vn esprit qu'on charme en le flattant;
Loing de cette foiblesse, il cherche la censure,
Et caresse la main qui luy fait la blessure:
Voila comme Cesar traitte auec ses Amis,
Or souuenez vous donc que tout vous est permis.

ANTHOINE.

Apres cette asseurance il faut que ie vous die,
Que nous auons pour vous vne amitié hardie,
Qui ne sent point l'esclaue, & qui ne sçauroit voir
Que Cesar vse mal d'vn absolu pouuoir:
Vostre excez de bonté va iusqu'à la molesse:
(Pardonnez moy ce mot s'il est vray qu'il vous blesse)

Et vous ressouuenez comme vn grand Potentat,
Se doit faire des Loix des maximes d'Estat:
C'est d'elles qu'il apprend a regir les Prouinces;
Le peuple a des vertus, qui sont deffauts aux Princes,
Rien ne doit estre égal entre ces deux humeurs;
Ils different de rang, qu'ils different de mœurs:
Ce que l'vn aimera que l'autre le haïsse;
Et bref, que l'vn commande, & que l'autre obeïsse.
Le peuple est insolent quand on le traitte bien;
La douceur vous peut nuire, & ne vous sert de rien
Ces ames du commun, tiennent de leur naissance,
Insensibles tousiours à la reconnoissance;
Les biens-faits n'ont pour eux, que de foibles appas,
Si bien que le plus seur est de les tenir bas.
C'est le moyen de faire, en viuant de la sorte,
Que vostre authorité soit tousiours la plus forte;
La rigueur les instruit; leur monstre le deuoir;
Et leur oste le vice, auecque le pouuoir.
Vn esprit populaire, est souple dans la peine,
Et semblable au Lyon, il est doux à la chaine;
Il reconnoist son Maistre; & pareil en ce point,
Il le craint, & le suit; mais il ne l'aime point.
Il a tousiours dans l'ame vne vieille querelle,
Pour ceste liberté qui luy fut naturelle,
Et tout vsurpateur, apres l'auoir sousmis,
En comptant ses subiets, compte ses ennemis.

CÆSAR.

Si ce discours est vray, c'est pour la tyrannie :
Mais quand ie regirois des Tigres d'Hircanie,
Auecques la douceur dont ie les ay traittez,
Ie les desarmerois de tant de cruautez.
Quel bien pouuoit auoir cette franchise antique,
Que ie n'aye augmenté dans nostre Republique?
Suis-je auare, ou cruel? ay-je soüillé mes mains,
Par le desir de l'or, ou du sang des Romains?
Et hors le seul honneur de ce grade où nous sommes:
Ay-je rien au dessus du vulgaire des hommes?
Ils m'ont fait Dictateur, ie vis en Citoyen;
I'oblige tout le monde, en ayant le moyen;
Pour leur donner la paix, mon esprit est en guerre,
Et faut que mes soucis courent toute la terre:
Ha! que ie connois bien au mal que i'ay pour eux,
Que le plus esleué, n'est pas le plus heureux:
Que le champ des grandeurs, est vn champ infer-
tile;
Et que le vray plaisir, n'est point, s'il n'est tranquile.
Soyez de mon aduis, & changeant de propos,
Croyez que mon trauail vaut moins que leur repos;
Et que tant de labeurs m'ont donné quelque place;
En l'estime du peuple, & dans sa bonne grace.

ANTHOINE.

Ce peuple est vne mer, qui n'a rien d'arresté;
On doit craindre l'effet de sa legereté:
Il se lasse de tout, & son ame inconstante,
Entre aimer & haïr, paroist tousiours flottante;
Il est à qui luy donne: on vous le peut rauir,
Par le mesme metal qui vous en fait seruir:
Et porter sa foiblesse a la fatale enuie,
De vous oster vn iour, & le Sceptre, & la vie;
Il faut leuer le masque, en luy donnant terreur;
Et prendre le pouuoir, & le nom d'Empereur.

CÆSAR.

Ce remede est fascheux, il a trop d'amertume:
C'est insensiblement que le ioug s'accoustume,
On doit tromper le peuple auec dexterité,
Comme on oste aux oiseaux la douce liberté;
Esperer tout du temps; le choisir, & l'attendre;
Et cacher les filets, qui le doiuent surprendre.
Au reste, pour mes iours i'en regarde la fin,
Comme vn point resolu de l'arrest du destin;
Et tiens par le discours dont mon ame est pourueë,
Que la plus douce mort, est la plus impreueuë.

LEPIDE.

Acheuons de parler, ſans perdre le reſpeſt:

CÆSAR.

Dittes tout, chers amis:

ANTHOINE.

Brute nous eſt ſuſpect:
C'eſt apres voſtre rang, que ſon ame ſouſpire.

CÆSAR,

Il eſt certain que Brute, eſt digne de l'Empire,
Mais il attendra bien que le Ciel en ſon cours,
Mette ſur l'horiſon le dernier de mes iours:
Ie ſuis mon ennemy, s'il eſt mon aduerſaire.
Ha! que vous traittez mal vne vertu ſincere,
Qui ſouuent eſpreuuée, eſt ſans comparaiſon;
Et qu'on ne peut chocquer, qu'en chocquant la raiſon.

ANTHOINE.

Face le iuſte Ciel, que nos peurs ſoient friuoles,
Et que l'euenement s'accorde à vos paroles.

PHILIPPVS.

Le Sacrifice eſt preſt.

CÆSAR.

Allons prier les Dieux,
De vous ouurir son cœur, ou de m'ouurir les yeux. *La Châbre se referme.*

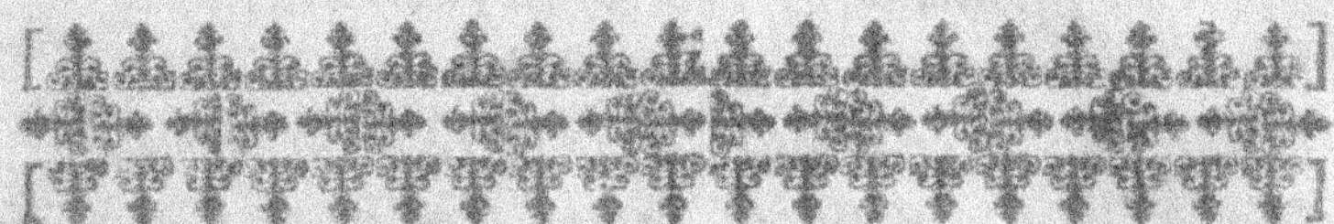

SCENE SECONDE.

BRVTE, CASSIE, LABEO, QVINTVS, ALBIN, ARTEMIDORE.

BRVTE.

IE croirois faire tort à vos cœurs inuincibles,
De tascher par discours de les rendre sensibles;
Ils aiment trop l'honneur, pour ne le suiure pas,
Quand vn si beau sentier conduiroit au trespas:

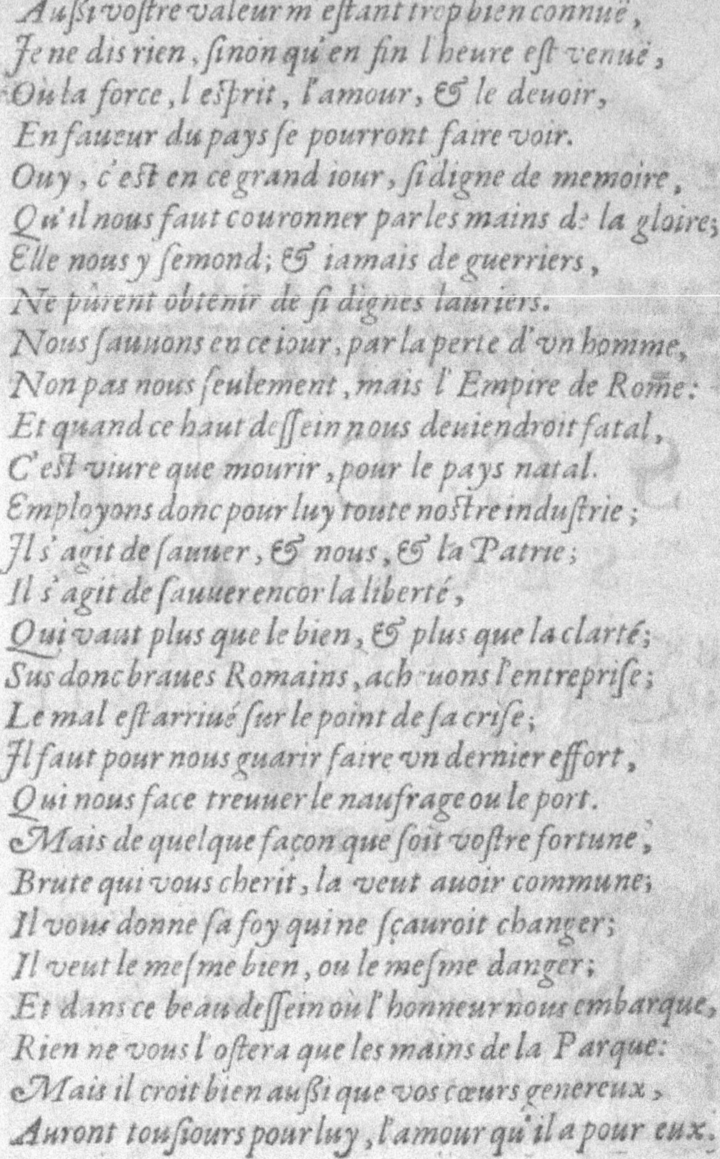

Außi vostre valeur m'estant trop bien connuë,
Je ne dis rien, sinon qu'en fin l'heure est venuë,
Ou la force, l'esprit, l'amour, & le deuoir,
En faueur du pays se pourront faire voir.
Ouy, c'est en ce grand iour, si digne de memoire,
Qu'il nous faut couronner par les mains de la gloire;
Elle nous y semond; & iamais de guerriers,
Ne pûrent obtenir de si dignes lauriers.
Nous sauuons en ce iour, par la perte d'vn homme,
Non pas nous seulement, mais l'Empire de Rome:
Et quand ce haut dessein nous deuiendroit fatal,
C'est viure que mourir, pour le pays natal.
Employons donc pour luy toute nostre industrie;
Il s'agit de sauuer, & nous, & la Patrie;
Il s'agit de sauuer encor la liberté,
Qui vaut plus que le bien, & plus que la clarté;
Sus donc braues Romains, acheuons l'entreprise;
Le mal est arriué sur le point de sa crise;
Il faut pour nous guarir faire vn dernier effort,
Qui nous face treuuer le naufrage ou le port.
Mais de quelque façon que soit vostre fortune,
Brute qui vous cherit, la veut auoir commune;
Il vous donne sa foy qui ne sçauroit changer;
Il veut le mesme bien, ou le mesme danger;
Et dans ce beau dessein où l'honneur nous embarque,
Rien ne vous l'ostera que les mains de la Parque:
Mais il croit bien außi que vos cœurs genereux,
Auront tousiours pour luy, l'amour qu'il a pour eux.

CASSIE.

Il eſt temps de parler, l'honneur vous le commande;
Maintenant voſtre eſprit a tout ce qu'il demande;
Brute s'eſt expliqué, teſmoignez auiourd'huy,
Qu'on ne ſçauroit rien craindre eſtant auecques luy:
Pour moy ie luy promets que l'aſpect des tortures,
Ny l'aigre ſentiment des peines les plus dures,
Ne pourront esbranler mon courage affermy:
Et d'auoir le premier du ſang de l'ennemy.

LABEO.

Mon cœur eſt dans mes yeux ou ie veux qu'on le
voye,
Sçachant qu'il y paroiſt plein d'ardeur & de ioye;
Deſia depuis long temps on l'oyoit ſouſpirer,
Dans les penſers d'vn bien qu'il n'oſoit eſperer:
Mais puis que Brute parle, & qu'vne ſi grande ame,
Bruſle du meſme feu dont la mienne eſt en flame,
Eſt-il quelque plaiſir qui ſe compare au mien?
N'oſeray-ie pas tout? & puis-ie craindre rien?
Non, non, pour obtenir cette glore immortelle,
Il ne manquera pas d'vn ſeruice fidelle;
Les hommes comme nous ne ſçauent point trahir:
C'eſt à luy d'ordonner, c'eſt à nous d'obeyr.

QVINTVS.

Quand l'Ennemy commun seroit inuulnerable,
Mon bras entreprendroit sa deffaite honorable;
L'œil de Brute m'inspire, vn desir violent,
Qui treuue que le temps n'a son vol que trop lent:
Vne iuste colere excite mon courage,
Apres ce haut exploict qui va finir l'orage;
Et ie ne me veux plus estimer vray Romain,
Que le sang de Cæsar, n'ait fait rougir ma main.

ALBIN.

Brute ne sçait-il pas que mon ame mesprise,
L'amitié du Tyran, pour auoir la franchise?
Et que foulant aux pieds tant de thresors offers,
Ie romps auecque luy, pour rompre en fin nos fers?
Il m'aime (il est certain) mais sans ingratitude,
Ie puis à sa ruine appliquer mon estude,
Le foible cede au fort; & le premier deuoir,
Fait pancher la balance, ayant plus de pouuoir:
L'amour de la Patrie, emporte tous les autres;
Et pour le faire court, mes desseins sont les vostres.

BRVTE.

Il suffit, chers Amis, ie me tiens satisfaict:
Mais auant que nos mains en viennent à l'effect,

De grace

De grace, qu'vn de vous, que la prudence guide,
Ait soin d'oster Anthoine, & d'esloigner Lepide;
Ie connois leur courage il est & haut & franc;
Et puis nostre courroux ne veut pas tant de sang;
Nous voulons que d'vn seul, la trame soit coupée;
Contre vn seul la Iustice esleue son espée;
Il n'en faut pas venir à l'extreme rigueur.

ALBIN.

Ie suiuray le chemin que m'enseigne vn grand cœur.

BRVTE.

De crainte d'estre veus que chacun se desrobe;
Et que tous aillent prendre vn poignard sous la robe;
Car i'ay desia le mien:

CASSIE.

Nous en auons aussi.

BRVTE.

Allons; cela va bien; retirons nous d'icy:
La fortune souuent fauorise le crime:
Allez, dans le Senat, attendre la victime;
Ma main veut à ce iour la conduire à l'autel,
Et pour vous sauuer tous, donner le coup mortel.

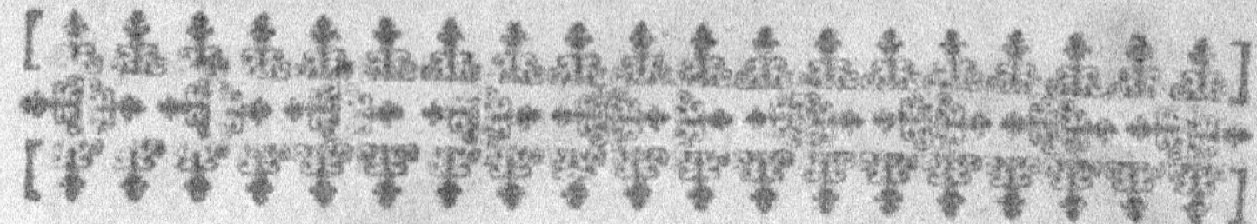

SCENE TROISIESME.

ARTEMIDORE.

Il les escoutoit caché derriere vne colõne.

QV'AY-ie entendu, bons Dieux! est-il bien veritable,
Que ie n'ay point songé ce conseil detestable?
O l'estrange dessein! ô l'horrible attentat!
Ils parlent de sauuer, & vont perdre l'Estat:
Mais, sans perdre moy-mesme vn temps si necessaire,
Descouurons à Cæsar ceste importante affaire,
Afin que sa prudence ait loisir d'y pouruoir:
Il semble que les Dieux m'enseignent mon deuoir.

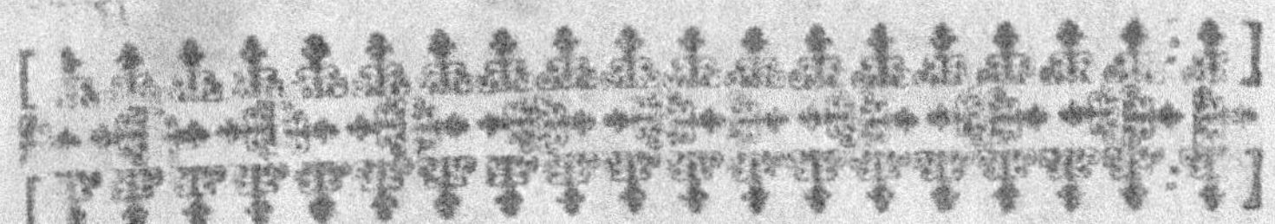

SCENE QVATRIESME.

CALPHVRNIE, PORCIE,

CALPHVRNIE.

S'IL est vray que le temps ait mis en vos pensées,
Vn oubly general des affaires paßées,
Et que ce grand esprit que l'on remarque en vous,
Ne garde pour Cæsar, ny haine, ny courroux;
Ie vous coniure au nom de la pudique flame,
Que vous auez au cœur, & que ie porte en l'ame,
D'auoir quelque pitié de l'extrême douleur,
Que mon visage blesme a peinte en sa couleur;
Pour vne vision qui m'a prise endormie:
Et de me descouurir en veritable Amie,

Si l'on n'auroit rien dit dedans vostre maison.....

PORCIE.

Elle l'interrompit. *Quoy! vous nous soupçonnez de quelque trahison?*
Ha! ie ne puis souffrir vne si rude offence:
Brute a trop de vertu, qui parle en sa deffence;
Et sans doute Cesar qui connoist bien sa foy,
Apprenant ce discours, s'en plaindra comme moy:
Ouy, ouy, ie luy diray, l'outrage insuportable,
Qu'endure en nostre endroit l'amitié veritable:

CALPHVRNIE.

N'importe; vn grand mal-heur le menace auiourd'huy;
Elle s'en va. *Et la peur que i'en ay m'appelle aupres de luy.*

PORCIE.

Elle dit ces vers par ironie. *Qu'elle sçait dextrement d'vn artifice extréme,*
Surprendre les secrets que l'on cache en soy mesme!
O Dieux! qu'elle a d'adresse, & qu'il est mal-aisé
D'euiter les filets de cét esprit rusé!
Chose estrange pourtant, qu'elle ait veu par le songe,
Cét enfant du sommeil, ce pere du mensonge,
Vn dessein qui n'est sceu que des Dieux seulement:
Ce prodige nouueau confond mon iugement

Resueille ma douleur, & ma crainte endormie ;
Las aurons nous tousiours la fortune ennemie ?
Il faut aduertir Brute ; ô Dieux qui connoissez,
Que d'vn iuste desir nos esprits sont poussez,
Regardez de bon œil l'entreprise aduancee,
Et la faites finir comme elle est commencée.

ACTE IV.

CÆSAR, ANTHOINE, LEPIDE, BRVTE, CALPHVRNIE, PORCIE, ARTEMIDORE, ALBIN, CASSIE, LABEO, QVINTVS, CHOEVR D'AVTRES SENATEVRS.

SCENE PREMIERE.

CÆSAR, ANTHOINE, LEPIDE,

CÆSAR,

La chãbre de Cæſar ſennuie.

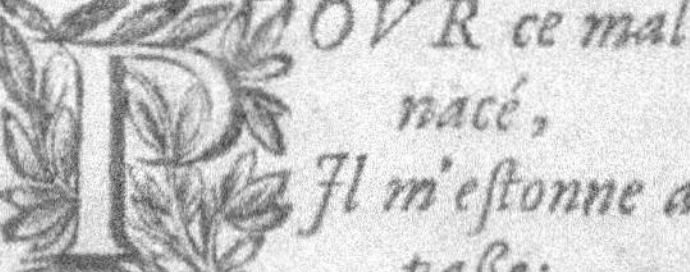

OVR ce mal aduenir, dont ie ſuis menacé,
Jl m'eſtonne außi peu, comme a faict le paße:

Et mon esprit esgal, sans tristesse, ny ioye,
Voit tousiours d'vn mesme œil ce que le Ciel m'enuoie.
A quoy sert aux mortels de vouloir murmurer
Contre vn mal necessaire, & qu'il faut endurer?
Si l'on doit voir la fin de leurs tristes années,
Veulent-ils appeller des loix des destinées?
Arrester le Soleil au milieu de son cours?
Et forcer la Nature à leur donner des iours?
Il faut que la raison face mieux son office:
Et quelque signe affreux qu'ait eu le sacrifice,
C'est à moy d'obeir, & de baisser les yeux,
Remettant ma fortune entre les mains des Dieux:
Elles m'ont empesché de voir mes funerailles,
Dans le sanglant peril de prés de cent batailles,
De plus de mille assauts, & de tant de dangers.
Que l'on m'a veu courir aux climats estrangers,
Or les Dieux n'ont-ils pas (pour estre en ma deffence)
Et la mesme douceur, & la mesme puissance?
S'ils veulent me sauuer, qui peut me faire mal?
Et qui me peut sauuer si mon sort est fatal? Il prend fatal pour mal heureux.
Ie ne m'afflige point d'vne crainte inutile;
Mon ame est en repos; mon esprit est tranquille;
Et la mesme raison qui me fait discourir,
Ne m'apprend-elle pas que Cesar doit mourir?
I'auray le mesme sort du fondateur de Rome:
Car ce nom de Cesar n'oste point celuy d'homme:
Mais ie ne me plains pas d'vn si foible pouuoir;
I'ay cherché de la gloire, & ie crois en auoir:

Or comme elle eſt durable, & d'eſſence immortelle,
C'eſt de là que i'attends que la mienne ſoit telle:
C'eſt par là que mon cœur ſe mocque du treſpas,
Et par là ſeulement Cæſar ne mourra pas.
Ceſſez donc, chers Amis, d'auoir l'eſprit en peine;
Soit la mort que i'attends, ou bien proche, ou loingtaine,
Il m'eſt indifferent quand i'en ſeray vaincu;
Celuy ne meurt point toſt qui n'a pas mal veſcu:
Aſſez longue eſt la vie, eſtant faite aſſez bonne;
Et qui pluſtoſt la paſſe a pluſtoſt la couronne:
C'eſt là que l'enuieux laiſſe l'homme de bien:
Et pour eſtre en eſtime, il faut n'eſtre plus rien.
Ainſi donc ſoit ma fin, naturelle, ou contrainte,
Ie la verray venir ſans triſteſſe, ny crainte;
Et ne m'importe pas ſi la Parque m'abat,
Au lict, au Capitole, ou dedans vn combat;
Le genre different ne fait rien à la choſe.

ANTHOINE.

Par vn ſi beau diſcours i'aurois la bouche cloſe,
Si l'amitié de flame en voulant s'exhaler,
Ne forçoit mon eſprit, & ma langue à parler:
Mais ie retourne encore à ma frayeur premiere:
Vn animal ſans cœur, vn Soleil ſans lumiere,
Vn ſonge eſpouuentable, & qui parle de mort,
L'aigle de ce Palais, qui tombe ſans effort,

Prodiges arriuez en la mort de Cæſar, pris de l'hiſtoire

Vne

Vne main de soldat qui paroist enflamée,
Qui brusle bien long-temps, & n'est point consommee,
Des signes dans le Ciel, des hibous en plein iour,
Qu'on a veu se poser sur les toicts d'alentour,
Et par des cris affreux, annoncer nos desastres:
Ce iour qu'on vous a dit que menacent les Astres;
Ces phantosmes volans qu'on a veu cette nuict,
Et vostre chambre ouuerte auec vn si grand bruit,
D'vne main inuisible, & qui n'est pas peu forte,
Ces prodiges ensemble aduenus de la sorte,
Destruissent vos raisons; & font voir à nos yeux,
Le fauorable aduis que vous donnent les Dieux:
Mais inutilement leur bonté s'est offerte:
Ils veulent vous sauuer; vous voulez vostre perte;
Le Ciel vous aduertit: vous ne le croyez pas;
Vous fuyez de la vie, & cherchez le trespas;
Que pouuons nous attendre en l'estat où nous sommes,
Si Cesar ne croit plus ny les Dieux ny les hommes?

LEPIDE.

Ce traistre qui s'approche excite mon courroux: Brute arriue.

SCENE SECONDE.

BRVTE, CÆSAR, ANTHOINE, LEPIDE.

BRVTE.

E Senat assemblé n'attend plus qu'apres vous :
Pour payer la valeur du plus braue des Princes,
Il vous declare Roy de toutes ses Prouinces ;
Et veut que (hors d'icy) vous ayez souuerain,
La Couronne à la teste, & le Sceptre à la main.

CÆSAR.

Ha Brute ! dans le Thrône où le destin m'appelle

Que feray-ie pour vous, apres cette nouuelle,
Où le cœur à l'amour vtilement se ioint?
Ou bien pour mieux parler que ne feray-ie point?

BRVTE.

Estre chery de vous, me vaut plus qu'vn Empire;
Et c'est l'vnique gloire où mon desir aspire.

ANTHOINE.

Ie m'estonne bien fort (puis que vous l'aimez tant)
Que lors qu'il s'est agy d'vn seruice important,
Et qu'on a veu sa vie, au bout de son espée,
Que vous ayez suiuy le party de Pompée?

BRVTE.

Vous auez vn esprit qui s'estonne de rien:
Et si ie ne voyois vostre chef & le mien,
Ie sçaurois vous tirer de merueille & de doute:
Mais nous sommes dãs Rome, & Cæsar nous escoute.

LEPIDE.

Ce silence est timide, autant qu'il est discret:
Respondre sans respondre est vn fort beau secret;
Mais vous estes pourtant (ou mon ame est trompée)
Le gendre de Caton, & l'Amy de Pompée.

BRVTE.

Ie fus & l'vn, & l'autre, & le tins à bon-heur:
Maintenant ie suis Brute, & fort homme d'honneur.

ANTHOINE.

On chante vostre nom, du Tibre, iusqu'au Tage:

CÆSAR.

Tout beau; ie vous deffends de parler dauantage:
Anthoine, oubliez vous ce qu'on doit au respect?
Allons ie vay monstrer si Brute m'est suspect.

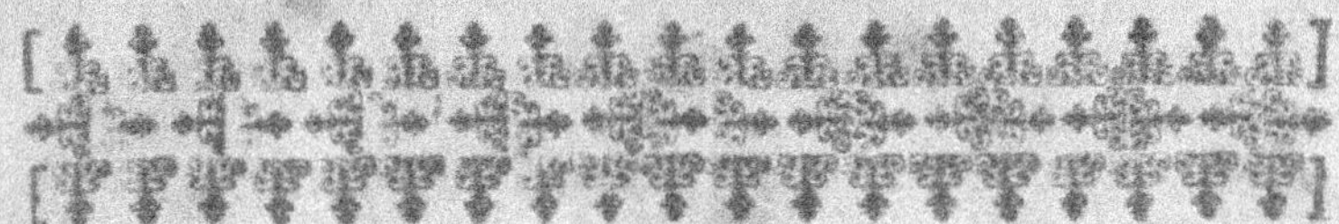

SCENE TROISIESME.

CALPHVRNIE, CÆSAR, BRVTE, ANTHOINE, LEPIDE,

CALPHVRNIE.

CÆSAR, ne ſortez point, ou bien ſortez en armes;
Hé de grace donnez quelque choſe à mes larmes:
Remettez auiourd'huy le Senat à demain:
Y va-t'il du ſalut de tout le genre humain,
Que vous n'en puißiez pas differer l'aſſemblée,
Afin de rendre calme vne ame ſi troublée,
Et deſtourner l'effect d'vn ſonge infortuné,
Qui m'a dit que Cæſar doit eſtre aſſaßiné?
Il faut abſolument que Monſeigneur demeure,
Ou qu'il prenne vn poignard, & que ſa femme meure,

CÆSAR.

Brute, que ferons nous, la dois-ie contenter?

BRVTE.

Dieux, vn si fort esprit se laisse donc tenter!
Quoy pourrez vous souffrir qu'on dise auecques blasme,
Que Cæsar croit, & craint, les songes d'vne femme?
Et vous mesme vous faire vn si sanglant affront,
Qu'il s'attaque aux Lauriers qui vous ceignent le front.
Ha! reiettez bien loing cette fatale enuie:
Qui peut voir à regret vne si belle vie?
Et lequel des mortels oseroit conceuoir
Seulement vn penser contre vostre pouuoir?
Non, non, esperez mieux des bonnes destinées:
Autant que de vertus, Cæsar aura d'années:
Et si le sort luy seul ne se rend criminel,
Pour le bien du public vous serez eternel.
Acheuez donc Cæsar vne importante affaire:
Ou venez dire au moins que le Senat differe:
Si le foible soupçon attaque vn si grand cœur.

CÆSAR.

Ce Brute ardent & prompt est tousiours le vainqueur:

Ie le veux bien; sortons: vne si courte absence,
Ne viendra pas about de vostre patience;
Vne heure de conseil suffira pour ce iour: Il parle à sa femme.

CALPHVRNIE.

Ce funeste départ, n'aura point de retour:
O desloyal flateur! dont son ame obsedée,
Se treuue pour sa perte, aueuglément guidée,
Puisse-tu receuoir le loyer merité;
Et le Ciel punissant ton infidelité,
Te rende (mal-heureux) le mespris de la terre, La Châbre se ferme.
La haine des mortels, & l'obiet du tonnerre.

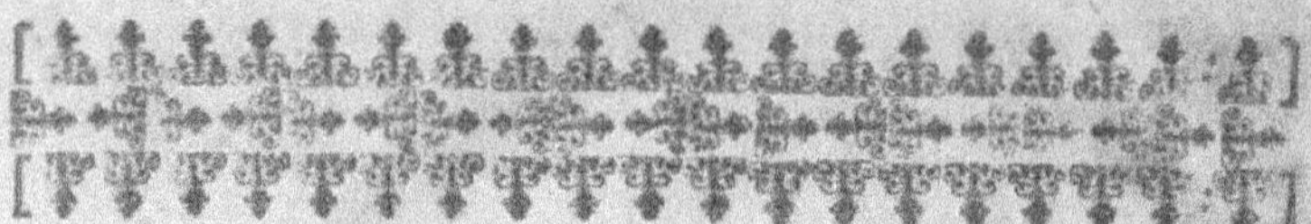

SCENE QVATRIESME.

PORCIE.

E succombe, il est vray, dans vn si haut dessein:
I'ay deuant que Cesar vn poignard dans le sein:
Desirs impatiens, cruelle incertitude,
Espoir, crainte, douleur, tristesse, inquietude,
Tyrans de mon esprit, regnerez vous long temps?
Accordez moy la mort ou le bien que i'attends:
C'est trop tenir (grands Dieux) vne ame à la torture:
Tous les maux (prés des miens) ne le sont qu'en peinture:
Et le plus tourmenté des hostes des Enfers,
Le seroit dauantage en ceux que i'ay souffers.

Aussi

Aussi quelque secours que la raison me donne,
Ie sens bien qu'elle est foible, & qu'elle m'abandonne;
Et quand tout l'Vniuers entendroit mes clameurs,
Il faut que ie me plaigne, & dise que ie meurs.
Ha Brute! vn prompt retour nous est bien necessaire.
Vous me faictes mourir, auec nostre aduersaire;
Et bien que le discours face vn puissant effort.
I'aimerois mieux souffrir, Cæsar, que vostre mort.
Sortez de mon esprit foiblesse infortunée;
Vous desplaisez à Brute, il vous a condamnée;
Pourquoy retournez vous? fuyez, fuyez d'icy;
Ie veux bien esperer, Brute le veut ainsi,
O nouuelle agreable, autant que souhaitée,
Je vay voir si quelqu'vn ne t'a point apportée.

SCENE CINQVIESME.

BRVTE, CÆSAR, ANTHOINE, LEPIDE.

BRVTE.

AINSI tant de desirs ont penetré les Cieux:
Et le Senat en fin inspiré par les Dieux,
Suiuant des immortels la sagesse profonde,
Va faire en ce beau iour le plus grand Roy du monde.
Ha! qu'il fera bon voir vostre extreme bonté,
Au milieu de la pompe, & de la Maiesté,
Temperer doucement cette grandeur seuere;
Faisant aimer le Throsne autant qu'on le reuere.

*Ha! que de grands exploicts; ha! que de hauts pro-
iects;*
Je meurs que ie ne ſuis deſia de vos ſubiects;
Voyant en vous des Dieux vne viuante image;
Quel ſera l'inſenſé qui ne vous rende hommage?
Et qui ne preferaſt (loing de le deſdaigner)
L'honneur de vous ſeruir à celuy de regner?

CÆSAR.

Ha Brute! ſi i'arriue à cette heure opportune;
Que vous aurez de part à ma bonne fortune:
Il ne vous manquera que le ſeul nom de Roy;
Grade, que vos vertus vous donnent apres moy.

BRVTE.

Sur mon peu de valeur, ie regle mon attente:

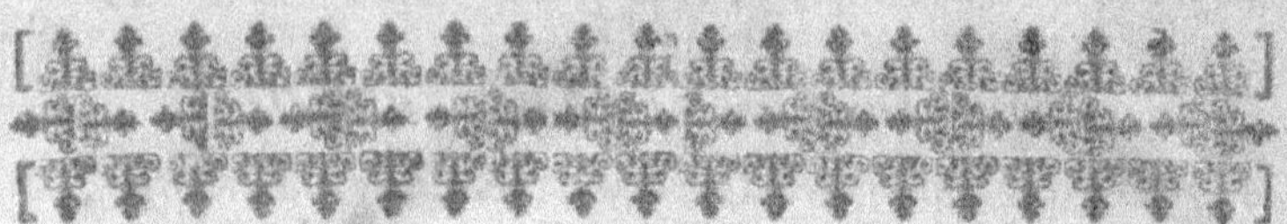

SCENE SIXIESME.

ARTEMIDORE, BRVTE, CÆSAR, ANTHOINE, LEPIDE, CASSIE, LABEO.

ARTEMIDORE.

E viens pour t'aduertir d'vne affaire importante;
Cæsar, prens ce billet; & le lis promptement.

BRVTE.

Faisons agir l'adresse auec le iugement;
La mine est esuentée, ou mon ame est deceuë:
Il l'empesche de lire *Labirinthe des grands n'auras-tu point d'issuë?*
Ne peut-on esuiter vn soing si desplaisant?
Deschargez vous la main d'vn fardeau si pesant;

Si fascheux à souffrir, & si peu necessaire;

CÆSAR.

Lisez:

BRVTE.

Ha l'impudence; ô l'importante affaire!
Luy qui veut vne charge est digne de l'auoir: *Il feind de se mocquer.*
Mais voicy le Senat qui vient vous receuoir;
Meslez vn peu le graue auec la modestie:

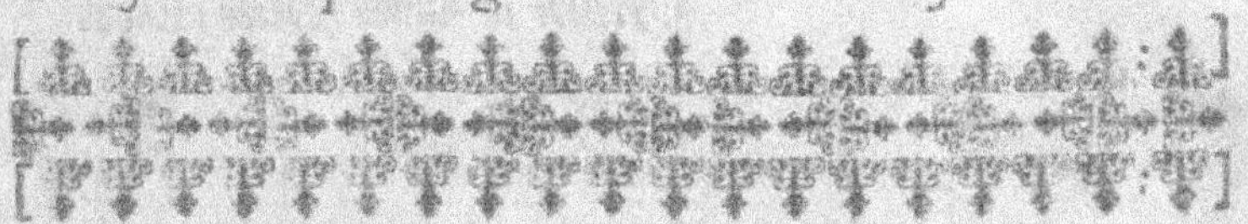

SCENE SEPTIESME.

ALBIN, ANTHOINE, LEPIDE.

ALBIN.

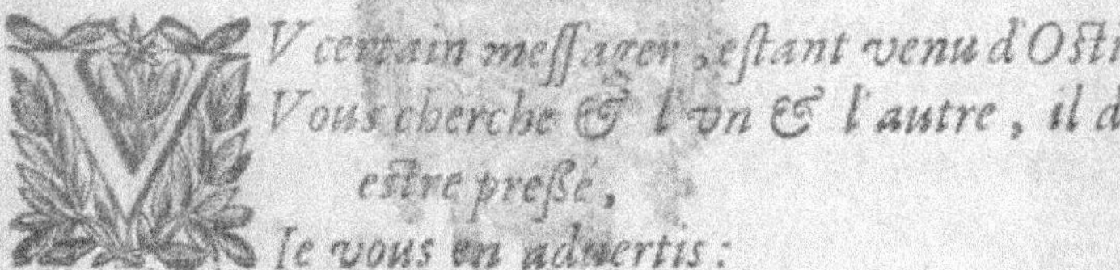

V certain messager, estant venu d'Ostie,
Vous cherche & l'vn & l'autre, il dit estre pressé,
Ie vous en aduertis:

ANTHOINE.

où l'auez vous laissé?

ALBIN.

Au pied de l'Auentin, prest d'entrer dans la place:

LEPIDE.

Allons voir ce qu'il veut:

ANTHOINE.

Albin ie vous rends grace.

ALBIN.

Ouy, tu me la dois rendre, auec beaucoup d'amour,
Puis que ce faux aduis te conserue le iour.
Entrons, pour auoir part à la prochaine gloire,
Comme nous en aurons aux fruicts de la victoire.

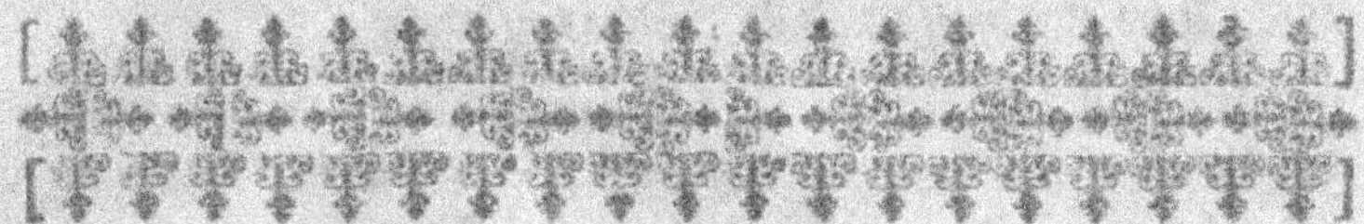

SCENE HVICTIESME.

CÆSAR, BRVTE, CASSIE, LABEO, QVINTVS, ALBIN, CHOEVR D'AVTRES SENATEVRS.

CÆSAR.

QV'ON ne m'en parle plus; Cimber est criminel: La salle du Senat s'ouure.
Ie m'oblige en ce lieu d'vn serment solemnel,
De n'accorder iamais cette iniuste requeste;
Qu'il garde son exil, s'il veut garder sa teste.
Ie suis clement, mais iuste; on se doit souuenir,
Comme ie sçay payer, que ie sçauray punir.
Me preseruant les Dieux de la honteuse tache,
Qu'imprime aux Dictateurs, le commandement lasche;

Vne telle priere est digne de mespris:
Elle doit s'adresser à de foibles esprits,
Mais non pas à Cæsar; qui sans craindre personne,
Suit tousiours les conseils que la vertu luy donne:
Quoy Brute, est-ce la donc ce qu'on vous a promis?

CASSIE.

(Il s'approche de Cæsar.) *He! donnez quelque chose aux pleurs de ses Amis;*
Cæsar, ayez pitie d'vne extreme infortune:

CÆSAR.

(Il le repousse.) *Allez; retirez-vous; ce discours m'importune:*

CASSIE.

Puis que tout le Senat, doit subir cette loy,
Prens ce premier hommage en qualité de Roy.

CÆSAR.

Ha! perfide Casca, bons Dieux que veux-tu faire?

CASSIE.

(Ils tirent tous des poignards.) *Purger Rome d'vn Monstre; assiste moy mon frere.*

BRVTE.

BRVTE.

Brute que tu cheris te veut oster d'icy,
Ce coup t'est fauorable:

Cæsar s'enuelope de sa robe suiuant l'histoire.

CÆSAR.

Et toy mon fils aussi?

La salle se ferme pour n'ensanglanter pas la face du Theatre, contre les regles.

BRVTE.

Il est mort; c'en est fait, le voila sans parole:
Pour nostre seureté, montons au Capitole.

Ils sortent tous auec le poignard sãglant à la main apres auoir tuë Cæsar.

ACTE V.

ANTHOINE, LEPIDE, CALPHVRNIE, EMILIE, PHILIPPVS, BRVTE, CASSIE, PORCIE, LE SENAT EN CORPS, COEVR DE PEVPLE ROMAIN.

SCENE PREMIERE.

ANTHOINE, LEPIDE.

ANTHOINE.

OVBSONS trop bien fondez, doubtes trop esclaircis,
Que pour n'estre pas creus, nous aurons de soucis!

Deplorable Cæsar, que i'ay bien connoissance
Qu'vn Astre mal-heureux esclaira ta naissance!
O comme la fortune a monstré son pouuoir!
Elle ne t'esleua que pour te faire choir.
Dieux, ne sçauois-tu point la maxime importante,
Que puis qu'elle estoit femme elle estoit inconstante?
Qu'elle aime pour trahir, se plaist au changement,
Et fait tout par caprice, & rien par iugement.
Helas fresles Grandeurs, pompe mal-asseurée,
Belle flame d'esclair, de si courte durée,
Quiconque en te seruant, perd son temps, & ses pas,
Monstre certainement qu'il ne te connoist pas.
Mais comme des Nochers qu'enuelope l'orage,
Prenons pour nous sauuer le debris du naufrage,
Et taschons d'exciter d'vn genereux transport,
Le peuple comme nous, à vanger cette mort:
Faisons voir que Cæsar vit en nostre memoire,
Peignons ses assaßins d'vne couleur si noire,
Que le peuple irrité contre l'acte commis,
Aille espandre le sang de tous ses ennemis.
Nostre antique amitié demande cét office;
Et cét Heros merite vn si grand sacrifice.
Ouy Brute desloyal, esprit double & peruers,
Ce bras t'ira chercher au bout de l'vniuers,
Despeschons vn Courrier afin d'auoir Octaue;
Il nous est necessaire, il est ieune il est braue;

Et puis le ſang l'oblige apres vn tel mal-heur,
De ioindre ſon courage auec noſtre valeur.

LEPIDE.

Allons allons Anthoine, où ce penſer nous mene,
Nous trois aurons en main la puiſſance Romaine:
Le trauail & l'honneur ſeront pris en commun:
Et ces traiſtres auront trois Maiſtres, au lieu d'vn.

ANTHOINE.

Pour le bien de l'Eſtat, il nous y faut reſoudre:
Ouy, contre ces Titans, ie prepare vne foudre;
Mais foudre d'eloquence, & qu'il leur fara voir,
Qu'elle a deſſus l'eſprit vn merueilleux pouuoir.
Allons parler au peuple, afin que ie l'anime,
Par le ſanglant pourtraict d'vn ſi funeſte crime.

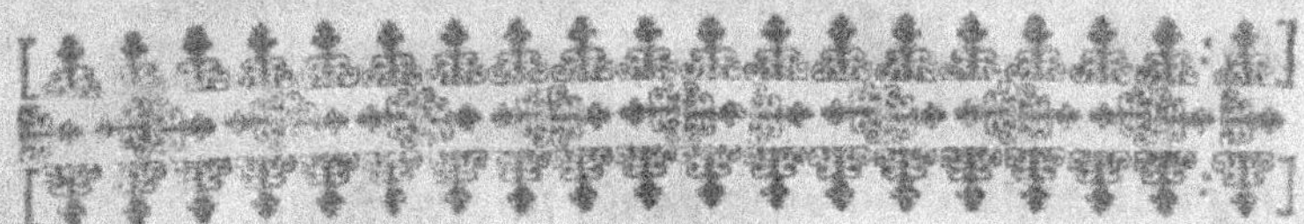

SCENE SECONDE.

CALPHVRNIE, EMILIE.

EMILIE.

DE remede d'vn mal qu'on ne peut empescher,
C'eſt de n'y ſonger pas, & de n'en plus chercher:
Madame, au nom des Dieux, vn peu de reſiſtance:
A ce coup de mal-heur oppoſez la conſtance;
Et ne pouuant ſauuer cét excellent eſpoux,
En ſauuant la raiſon, Madame, ſauuez-vous.

La Châbre de Calphurnie s'ouure elle eſt en dueil.

CALPHVRNIE.

Ce Conſeil criminel, me feroit criminelle:
La plainte que ie fais ſe doit rendre eternelle:

On voit tousiours aux cœurs qui furent bien vnis,
La tristesse infinie aux mal-heurs infinis.
Ouy, le deuoir m'oblige à viure de la sorte:
La douleur la plus iuste est icy la plus forte,
Apres auoir perdu ce genereux Hector,
C'est estre sans raison, que d'en auoir encor.
Perdre Cesar bons Dieux! qui peut auoir enuie,
Apres cét accident de conseruer sa vie?
Et de quelque propos qu'on flatte son mal-heur,
Est-il quelque plaisir apres cette douleur?

EMILIE.

Ouy, Madame, il en est.

CHALPHVRNIE.

Ie le crois impossible.

EMILIE.

Vous en gousterez vn, bien grand, & bien sensible,
Lors que ces assassins, ces Tigres furieux,
Sentiront à leur tour la colere des Cieux:
O que vostre ame alors se trouuera changée,
En les voyant punis, & vous voyant vangée!
Toutes les voluptez que cherchent nos desirs;
Les obiects dont les Sens font naistre leurs plaisirs:
Les biens, ny les grandeurs, n'ont rien qui se compare,
Aux douceurs qu'õ espreuue en la mort d'vn barbare,

Quand il nous a rauy (par la rage animé)
Celuy qui nous aimoit, comme il estoit aimé.
Madame, viuez donc, puis que cette esperance,
N'estant pas sans raison, n'est pas sans apparence,
Suspendez la douleur puis qu'il vous est permis;
Et ne vous perdez point qu'apres vos ennemis.

CALPHVRNIE.

Chere ombre, qui peux voir dans vne ame fidelle,
Et l'amour immortel & la haine immortelle,
Joints ta main à la mienne, & me viens secourir,
Puis que ie ne vy plus, que pour les voir mourir.

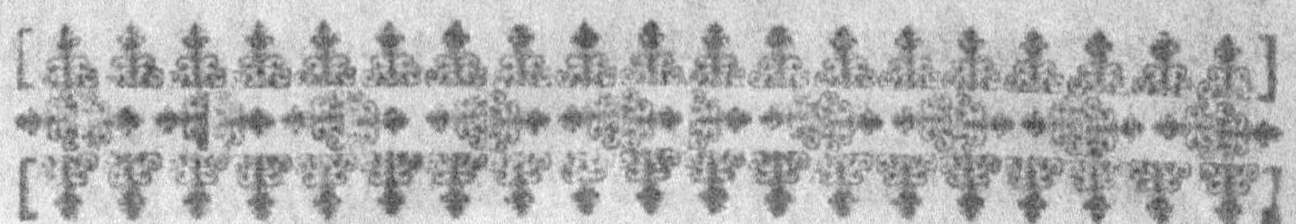

SCENE TROISIESME.

PHILIPPVS, CHALPHVRNIE, EMILIE,

PHILIPPVS.

LE Senat & le peuple :

CALPHVRNIE.

La chābre se referme.

Ha ce discours me tuë :
Mais si faut-il pourtant que mon cœur s'euertuë :
Ie t'entens bien; faisons au delà du pouuoir,
Pour rendre au grand Cæsar ce funeste deuoir.

SCENE

SCENE QVATRIESME.

BRVTE, CASSIE.

BRVTE.

ES hommes sans courage, & pleins d'ingratitude,
Sont dignes de leur honte, & de leur seruitude:
Loing de briser le ioug qu'on leur auoit osté,
Les lasches ont horreur, du nom de liberté:
Helas! vois quelle force, & quel espoir nous reste:
Ils iugent ta presence, & mon abord funeste,
Rien ne peut releuer leur esprit abatu:
Et ie ne voy pour nous que la seule vertu.
Vne molle tristesse est peinte en leur visage;
Et l'effet a suiuy le funeste presage.
Infames cœurs faillis, esclaues sans honneur,
Sçachez qu'en me fuyant, vous fuyez le bon-heur,

Que vous allez r'entrer deſſous la tyrannie,
Et que le repentir ſuiura l'ignominie.
Mais à qui ces diſcours veulent-ils s'addreſſer?
Inſenſibles qu'ils ſont, que ſert de les preſſer?
La valleur, & nos loix, ſe treuuent meſpriſées;
Les Romains ne ſont plus que femmes deſguiſées;
Et ne voyant en eux qu'artifice, & que fard,
Il leur faut la quenoüille, & non pas le poignard.
Et bien, ſeruez meſchants, contentez voſtre enuie:
Faites que voſtre mort s'eſgale à voſtre vie:
Publiez hautement que Ceſar a vaincu,
Et mourez dans les fers où vous auez veſcu.
Ployez ſous la grandeur de quelque nouueau Maiſtre;
Adorez ſon merite auant que le connoiſtre;
Il mõſtre ſon poignard. Allez baſtir ſon Throſne, allez baiſer ſes pas;
Il n'importe, pourueu que Brute n'en ſoit pas.
Ie garde encor ce fer pour vn nouueau Monarque:
Son Empire eſt ſujet à celuy de la Parque:
Et bien que vos aduis ſe treuuent differens,
Ie ſuis touſiours moy-meſme, enuers tous les Tyrans.
Que le peuple me quitte, & que le ſort me braue,
Brute peut bien mourir, mais non pas en Eſclaue:
Dans le chemin d'honneur, eſtant trop aduancé,
On le verra finir comme il a commencé.

CASSIE.

Tous ceux que ta valeur attache à ta fortune,
Sont Nochers, que iamais n'a fait pastir Neptune.
Quand l'Vniuers contr'eux se verroit coniuré,
L'Vniuers les verroit d'vn visage asseuré.
Leur ame grande & forte, incapable de change,
Tasche de meriter vne iuste louange;
Si bien que la fortune, auec tout son pouuoir,
Ne sçauroit les oster du chemin du deuoir.
Marche (si tu le veux) apres nostre sortie,
Vers les climats loingtains de la froide Scithie,
Cherche (si tu le veux) quelque meilleur destin,
Dans ceux que le Soleil visite le matin,
Nous te suiurons par tout; & sçaches que nostre ame,
Mesprisera pour toy, le fer, l'onde, & la flame;
Oublira le pais, les parens, & le bien;
Fais donc quand tu voudras, nostre destin du tien.

BRVTE.

Sortons, mon cher Amy, de ceste infame Rome,
Ou le vice est masqué sous le visage d'homme,
Ou l'auarice regne auec la lascheté;
Ou l'on voit chacun libre, & point de liberté? Il entend par libre, vicieux.
Où le Crime impuny monstre son insolence;
Ou la vertu gemit sous vn honteux silence;

Et bref, où les forfaicts, arriuent à tel point.
Que pour estre innocent, il faut ne l'estre point.
Allons vers Antium, former vn corps d'armée:
Il naistra des Soldats de nostre Renommée:
Assemblons nos Amis; partons en combattant:

CASSIE.

Ie m'en vais les trouuer;

BRVTE.

I'y suis dans vn instant.

Porcie arriue.

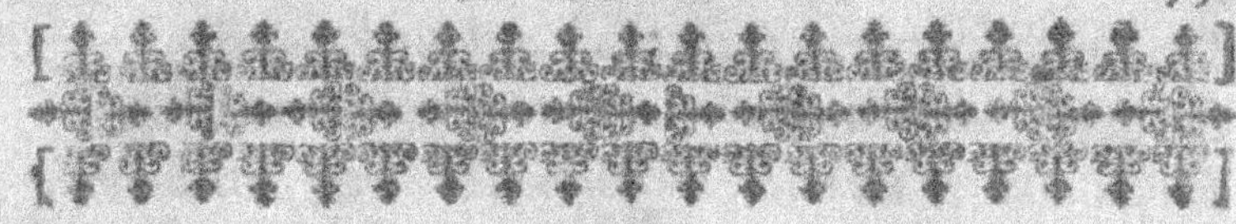

SCENE CINQVIESME.

BRVTE, PORCIE,

BRVTE.

N ce nouueau trauail, que le destin me donne,
Il faut, helas! il faut, que Brute t'abandonne;
Ce mal persecutant, que rien n'a diuerty,
Est le plus grand des miens, & le plus ressenty.
Je quitterois la vie, auecques moins de peine:
Mais quoy, la destinée est tousiours souueraines;
Il luy plaist, il le faut: que sert de reculler?
L'arrest est prononcé, ie n'en peux appeller.

PORCIE.

Brute s'en va partir! ô tristesse infinie!

BRVTE.

De la mort d'vn Tyran, renest la tyrannie:

Son ſang enuenimé fait reuoir auiourd'huy,
En deſpit de ma main, des monſtres comme luy.
L'eſclat de ma vertu les choque, & leur fait ombre;
A faute de raiſon on la vainc par le nombre:
Et ie me vois forcé de partir de ce lieu,
(Au moins ſi ſans mourir ie peux te dire Adieu)
De quelque bon diſcours dont mon ame ſe pare,
Elle ſent la rigueur du coup qui la ſepare,
Ie reſte ſans conſtance en l'eſtat où ie ſuis,
Et ie ſuccombe enfin ſouz l'effort des ennuis.
Ouy partir ſans douleur m'eſt vn acte impoßible;
Je perds en te quittant, le titre d'inuincible,
Et malgré ma raiſon, ie me ſens arracher,
Ce que l'honneur m'oblige encor de te cacher. *I'entend ſes larmes.*
Mais toy chere Porcie, en ce funeſte orage,
Prens ce que ie n'ay plus; ſers toy de mon courage;
Fais agir ta vertu dans vn ſort ſi douteux;
Mon amour le permet, ie n'en ſuis point honteux.

PORCIE.

On verra que ie ſuis (quoy que l'on execute)
La fille de Caton, & la femme de Brute:
Que l'Vniuers entier s'aſſemble contre toy,
Außi bien que ton cœur ſubſiſtera ma foy.
La peine la plus grande & la mieux inuentée,
Dont l'ame d'vn mortel puiſſe eſtre tourmentée,
Me verra conſeruer tout ce que i'ay promis,
Et ie feray paſlir tes plus fiers ennemis.

Ma force, & ta vertu feront honte à leur vice;
Ie trouueray la gloire au milieu du supplice;
Et toute leur puissance, & toute leur rigueur,
N'esbranleront iamais, ton ame, ny mon cœur.

BRVTE.

Ha! ce diuin propos m'eschauffe, & me r'anime:
Apres l'auoir gousté, la foiblesse est vn crime:
Je parts, mon cher Amour, ie parts, mais resolu,
De mourir noblement, si le sort l'a voulu.

PORCIE.

Ma fin suiuant la tienne (en estant esclaircie)
Sera digne de Brute, & digne de Porcie.

Ce qu'elle dit regarde les charbons ardens qu'elle aualla depuis.

BRVTE.

Puisse le Ciel touché, par vn desir si beau,
Nous reioindre à la vie, ou du moins au tombeau.

SCENE SIXIESME

ANTHOINE, CALPHVRNIE, LE SENAT EN CORPS, COEVR DE PEVPLE ROMAIN, LEPIDE, EMILIE, PHILIPPVS, ARTEMIDORE.

ANTHOINE.

Oraiſon Funebre.

LE Grand Cæſar eſt mort: ce ſecond Alexandre;
(Helas! qui le croira) n'eſt plus qu'vn peu de cendre:
Il mõſtre l'Vrne où ſont les cendres de Cæſar.
Et cette Vrne contient (ô triſte ſouuenir)
Ce que tout l'Vniuers ne pouuoit contenir.
Mais quel eſtrange ſort le derobe à la terre?
Eſt-il mort dans ſon lict? eſt-il mort à la guerre

Ou?

Ou si la forte amour que les Dieux ont pour luy,
Sans mal, & sans douleur nous l'enleue aujourd'huy?
Non, il a bien souffert vn traictement plus rude,
Et de la perfidie & de l'ingratitude:
Ie frisonne d'horreur d'y penser seulement;
Et vous allez auoir le mesme sentiment.
Qu'on aille aux chauds desers de l'ardente Libie,
Ou dans les vastes champs de l'affreuse Arabie,
Qu'on visite l'Afrique, & son peuple noircy,
On n'y verra iamais tant de monstres qu'icy.
Mais ces monstres encor ne sont pas ordinaires;
Ils sont des plus cruels & des plus sanguinaires;
Et pour vous faire voir, que sans doutes ils sont tels,
Ils font mourir Cæsar, le milieu des mortels.
Mais comme quoy mourir? iamais la barbarie
Des Lions qu'on irrite, & qu'on met en furie,
Au milieu des Captifs, que leur rage a deffaicts,
N'a produit à vos yeux de si sanglants effects,
Vingt & trois fois leurs mains (si dignes de la flame)
Ont ouuert le passage à sa genereuse ame,
Et Cæsar à la fin percé de tant de coups,
A perdu tout le sang qu'il conseruoit pour vous.
Ha! l'excès de douleur, me coupe la parole;
Et ie m'afflige plus que ie ne vous console:
Illustre, & Grand Cæsar, tu m'entends aduoüer,
Qu'il faut que ie me pleigne, au lieu de te loüer.

Vingt & trois coups meschans : au moins dites quel crime
A fait le Dictateur, & ce qui vous anime?
Ils ne respondent rien : & Cæsar n'est blasmé,
Que pource qu'il aimoit, & qu'il estoit aimé.
Ouy peuple, vostre amour luy fait perdre la vie :
Car tousiours l'innocence est subiecte à l'enuie :
Qui de tous les mortels, peut auec verité,
Dire qu'il a souffert ce qu'il a merité?
Et qui peut iustement se plaindre de cét homme,
Qui sembloit s'immoler pour la grandeur de Rome?
Demons dont la fureur est sans comparaison,
Parlez, ils sont muets, à faute de raison :
Mais traistres, cachez vous dans le centre du monde,
Mesurez la grandeur de la terre & de l'onde,
Fuyez, fuyez tousiours, taschez de vous sauuer,
Le bras puissant des Dieux vous sçaura bien treuuer
Portant en vostre sein l'oiseau de Promethee,
Par vn cuisant remords, vostre ame tourmentée,
Vous faisant endurer des tourmens eternels,
Vous serez les bourreaux comme les criminels.
Et vous peuple Romain, perdez vous la memoire,
Que des mains de Cæsar vous tenez vostre gloire?
Ne vous souuient-il plus qu'il rangea sous vos loix,
Ces peuples aguerris, ces genereux Gaulois?
Et que fendant les flots de l'humide campagne,
Il porta vostre nom dans la grande Bretagne,

Il entend par Demons les meurtriers de Cæsar.

Et fit voler vostre Aigle, & regner en des lieux,
Qu'on n'estoient commãdez ny connus que des Dieux?
Que si l'on oublioit sa valeur infinie,
Afrique, Espagne, Grece, Egypte, Germanie,
Et tant d'autres Climats que Cæsar a domptez,
Parlez de ses hauts faits, comme de ces bontez.
Tibre, qu'il a rendu le plus fameux des fleuues,
Toy qui vis sa valeur, par de si belles preuues,
Dis nous combien de fois Cæsar est retourné,
Dans le char de triomphe; & combien couronné:
Mais comme vne vertu semble en former vne autre,
Il ne vouloit du bien, que pour le faire vostre:
Voyez comme l'amour qui conduisoit sa main,
Combloit de ses bien-faicts tout le peuple Romain:
Lisez ce Testament; il l'escriuit luy mesme: *Il mõstre le Testament de Cæsar.*
O d'vn cœur liberal, magnificence extréme!
Il vous y donne à tous; & l'vn de ses meurtriers,
Se trouue encore mis entre ses heritiers.
Et quoy tant de faueur rend vostre ame obligée,
Et sa funeste mort ne sera point vangée?
Il faut se declarer; sus dont, respondez tous;
C'EST LE SANG DE CÆSAR (ROMAINS) QVI PARLE A VOVS. *Il monstre la robe de Cæsar au peuple.*
Voyez de son destin les pitoyables marques,
Que virent à regret les yeux mesmes des Parques;
Ne punirez vous pas la rage de ces loups?
C'EST LE SANG DE CÆSAR (ROMAINS) QVI PARLE A VOVS.

Quoy, voulez vous souffrir que les races futures,
En fremissant d'horreur de voir nos aduentures,
Vous blasme comme Brute, en manquant de courroux ?
C'EST LE SANG DE CÆSAR (ROMAINS) QVI PARLE A VOVS.
Au moins n'oubliez pas qu'Anthoine plus fidelle,
Monstrant vostre deuoir, fit paroistre son zele,
Et que pour s'acquiter, il vous dit à genoux,
QVE LE SANG DE CÆSAR (ROMAINS) PARLOIT A VOVS.

CHALPHVRNIE.

Elle se met agenoux & hausse son voille.

Pour vous faire courir à de si iustes armes,
Souffrez moy de mesler ce Sang auec mes larmes:
Et si quelque pitié regne en vos cœurs pour moy,
Gardez bien d'en auoir, de ces hommes sans foy.

VN CITOYEN.

D'vne lasche pitié nos cœurs sont incapables:
Qui deffend les meschans, est au rang des coulpables:
Allons, allons changer ce discours en effects:
Et de ce mesme feu consumer leurs Palais.

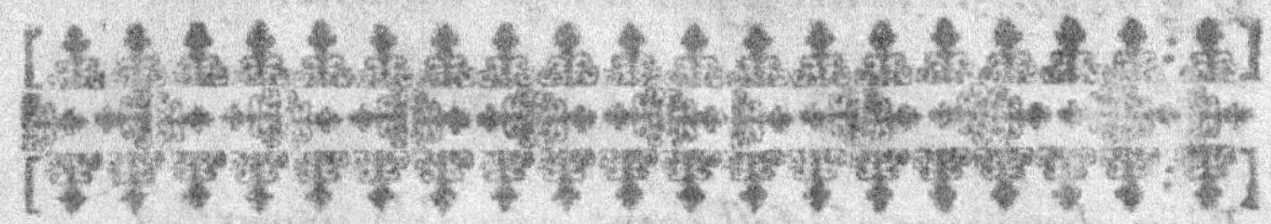

SCENE DERNIERE.

VN AVTRE CITOYEN.

SENATEVRS, apprenez la plus grande merueille, Il arriue.
Qui peut-estre iamais ait frappé vostre oreille:
Hier au soir ennuyé de voir tant de meschans,
J'allay passer la nuict dans la douceur des champs:
Mais reuenant au point que la clarté s'allume,
Mon œil a veu Cesar, plus grand que de coustume,
D'vn port maiestueux, d'vn regard esclattant, Ce discours est tiré de l'histoire Romaine
Qui s'esleuoit sur Rome; & qui dans vn instant,
Par cette agilité dont vne ame est pourueuë,
A trauersé les airs, ayant lassé ma veuë:
Mais au mesme moment s'est fait voir à mes yeux,
Vn Astre tout nouueau qui brilloit dans les Cieux,

Qu'aucun ne doute icy de ce raport fidelle.

ANTHOINE.

Bien-heureux Messager! agreable nouuelle!
Romains, Venus sans doute, a mis en ce haut rang,
Celuy que la Nature a tiré de son sang;
Ce grand Neueu d'Enée, ou plustost son merite,
Qui treuuoit parmy nous la terre trop petite,
Luy donne cette place entre les immortels;
Et nous demande à tous, l'Encens, & les Autels.
Qui voudroit refuser son cœur mesme en offrande,
A ce Dieu, qu'a fait tel vne vertu si grande?
Pour croire ce miracle, il ne faut point le voir:
Mais, Romains, sçauez vous quel est vostre deuoir?
Puis qu'il a merité de la Chose Publique;
Qu'elle erige en son Nom vn Temple magnifique,
Allons le desseigner: & qu'on sçache en tous lieux,
QVE L'ILLVSTRE CÆSAR, EST AV NOMBRE DES DIEVX.

Cæsar se disoit de la race d'Ænee, comme Antoine de celle d'Hercule.

Deux senateurs reprenēt l'urne, vn autre porte la robe de Cæsar, & tous se retirent.

FIN.

www.ingramcontent.com/pod-product-compliance
Ingram Content Group UK Ltd.
Pitfield, Milton Keynes, MK11 3LW, UK
UKHW021548260726
13993UKWH00002B/713

9 782329 215143